W0211052

Loin de la ville en flammes

MICHAEL MORPURGO

Loin de la ville en flammes

Illustré par Michael Foreman

Traduit de l'anglais
par Diane Ménard

GALLIMARD JEUNESSE

Titre original : *An Elephant in the Garden*
Édition originale publiée par HarperCollins Publishers Ltd, Londres, 2010
© Michael Morpurgo, 2010 pour le texte
© Michael Foreman, 2010, pour les illustrations
© Gallimard Jeunesse, 2010, pour la traduction

Pour Bella, Freddie et Max

Première partie

Le son de la vérité

1

À vrai dire, je ne pense pas que Lizzie nous aurait jamais raconté son histoire d'éléphant, si Karl ne s'était pas appelé Karl.

Il vaudrait peut-être mieux que je m'explique.

Je suis infirmière. Je travaillais à temps partiel dans une maison de retraite, juste en bas de la rue où nous habitons. J'avais pris un mi-temps parce que je voulais être suffisamment à la maison pour m'occuper de Karl, mon fils de neuf ans. Nous n'étions que tous les deux, il fallait donc que je sois là pour le voir partir à l'école, et pour rester avec lui quand il rentrait. Mais parfois, le week-end, on me demandait de faire des heures supplémentaires. Je ne pouvais pas toujours refuser – chacun de nous devait être de garde à tour de rôle – et je dois reconnaître que cet argent m'était bien utile. C'est pourquoi, ces jours-là, si Karl n'avait pas d'autre endroit où aller, ni personne pour s'occuper de lui, on me permettait de l'emmener au travail avec moi.

J'étais un peu inquiète au début – je me demandais si ça ne risquait pas de gêner certains pensionnaires, je m'inquiétais de savoir comment Karl s'entendrait avec toutes ces personnes âgées –, mais il adorait venir, et il apparut qu'elles aussi étaient ravies qu'il vienne. D'abord, il avait tout le parc pour jouer. Parfois, il amenait quelques amis. Ils pouvaient grimper aux arbres, jouer au foot, foncer sur leurs VTT. Quant aux personnes âgées, les visites des enfants devinrent bientôt l'attraction du week-end, un événement à attendre avec impatience. Elles se rassemblaient autour des fenêtres du salon pour regarder Karl et ses amis, souvent pendant des heures et des heures. Et lorsqu'il pleuvait, ils rentraient à l'intérieur pour jouer aux échecs avec elles, ou pour regarder un film à la télévision.

Puis, il y a quinze jours environ, le vendredi soir, il se mit à neiger, à neiger abondamment. Je devais aller travailler à la maison de retraite le lendemain – j'étais de garde le matin, ce week-end-là –, et je dus emmener Karl. Mais ça ne l'ennuyait pas le moins du monde. Il emmena une demi-douzaine d'amis avec lui. Ils feraient de la luge dans le parc, dirent-ils. Aucun d'eux n'avait de luge. Ils emportèrent simplement tout ce qui pouvait glisser – des sacs en plastique, des planches de surf, et même une bouée. Pour finir, les derrières firent aussi bien l'affaire. Les rires retentissaient dans toute la maison de retraite, ce matin-là, tandis que les pensionnaires les regardaient jouer dans la neige. Au bout d'un moment, les glissades dégénérèrent en bataille de boules de neige, que les personnes âgées semblèrent apprécier autant que Karl et ses amis. J'avais été occupée presque toute la matinée, mais la dernière fois que je regardai par la fenêtre, je vis que, pour le plus grand plaisir de tous, Karl et ses amis étaient occupés à faire un bonhomme de neige géant, juste devant la fenêtre du salon.

C'est pourquoi je fus très surprise, en entrant dans la chambre de Lizzie quelques minutes plus tard, de trouver Karl assis là, à côté de son lit, son bonnet toujours sur la tête, et son manteau encore boutonné. Ils bavardaient tous deux, comme de vieux amis.

– Ah, vous voilà ! s'exclama Lizzie en me

faisant signe d'entrer. Vous ne m'aviez pas dit que vous aviez un fils. Et il s'appelle Karl ! Je n'en reviens pas. En plus, il lui ressemble. La ressemblance est extraordinaire, stupéfiante. Je lui ai parlé à lui aussi de l'éléphant ou plutôt de l'éléphante dans le jardin, et il me croit. (Elle agita son doigt vers moi.) Vous, vous ne me croyez pas. Ici, personne ne me croit, sauf Karl.

Je fis sortir Karl de la chambre, et l'emmenai le long du couloir, en lui reprochant sévèrement d'être entré dans la chambre de Lizzie comme ça, sans y avoir été invité. Maintenant que j'y repense, je n'aurais pas dû être étonnée. Karl aimait flâner un peu partout. Mais ce qui me surprit, ce fut de voir à quel point il était furieux contre moi.

– Juste au moment où elle allait me parler de son éléphante ! protesta-t-il bruyamment, en tirant sur ma main et en essayant de m'échapper.

– Il n'y a pas d'éléphante, Karl, lui dis-je. Elle s'imagine des choses. C'est fréquent chez les personnes âgées. Elles ont les idées un peu confuses, parfois, c'est tout. Et maintenant, viens avec moi, pour l'amour de Dieu !

Ce ne fut que l'après-midi, une fois rentrés

chez nous, que je trouvai l'occasion de faire asseoir Karl et de lui expliquer tout ce que je savais sur Lizzie et son histoire d'éléphante. Je lui racontai que j'avais appris, en lisant son dossier, qu'elle avait quatre-vingt-deux ans. Elle résidait dans la maison de retraite depuis un mois environ, chacune de nous avait donc déjà appris à connaître assez bien les petits travers de l'autre. Elle pouvait être un peu irritable, et même irascible parfois, avec les autres infirmières. Mais avec moi, dis-je, elle était attentionnée, polie, et assez coopérative – enfin, dans l'ensemble. Même avec moi, il lui arrivait aussi de se montrer passablement entêtée, surtout lorsqu'il s'agissait de manger la nourriture que je lui présentais. Elle ne voulait pas boire non plus, malgré tous mes efforts pour l'y encourager.

Karl ne cessait de me poser des questions. Il voulait que je lui dise encore depuis combien de temps elle était dans la maison de retraite, me demandait quel était son problème, pourquoi elle avait une chambre à elle, et n'était pas avec les autres. Il voulait tout savoir, alors je lui racontai tout…

… que nous nous étions prises d'affection l'une pour l'autre, qu'elle était directe, parfois même brusque, et que j'aimais ça. Elle m'avait dit, le premier jour où elle était arrivée à la maison de retraite : « Autant être sincère avec vous. Je ne suis pas contente d'être là, vraiment pas. Mais puisque j'y suis, et puisque nous allons nous voir très souvent toutes les deux, alors vous pouvez m'appeler Lizzie. »

C'est donc ce que j'avais fait. Pour toutes les autres infirmières, elle s'appelait Elizabeth, mais pour moi, c'était Lizzie. Elle dormait beaucoup, écoutait la radio, et lisait des livres, un tas de livres. Elle n'aimait pas être interrompue pendant qu'elle lisait, même quand je devais lui prodiguer des soins. Elle adorait les romans policiers. Elle me dit un jour, avec une certaine fierté, qu'elle avait lu tous les livres d'Agatha Christie.

Le médecin, racontai-je à Karl, pensait qu'avant d'entrer dans la maison de retraite, elle ne s'était sans doute pas nourrie convenablement depuis des semaines, peut-être même des mois. Et c'est certainement pour ça que, lorsque je l'avais vue pour la première fois, elle m'avait semblé si ratatinée, si faible, si vulnérable. Sa peau était pâle, fine comme du papier à cigarette sur ses pommettes, et ses cheveux d'un blanc crémeux s'étalaient sur l'oreiller. Pourtant, j'avais aussitôt remarqué qu'il y avait quelque chose de singulier en elle, une intensité particulière – peut-être à cause de son regard d'acier, ou du brusque sourire qui éclairait soudain tout son visage. Je ne savais rien de sa vie ; aucun proche ne venait la voir. Elle semblait absolument seule au monde.

– Elle est un peu comme grand-mère, dis-je à Karl, pour essayer de lui expliquer l'état d'esprit de Lizzie du mieux que je le pouvais. Tu sais, comme ces personnes âgées qui ont l'esprit un peu confus, qui oublient beaucoup de choses – quand elle commence à parler de son éléphante, par exemple. Elle en parle tout le temps, pas seulement avec moi, avec tout le monde. « Il y avait une éléphante dans le jardin, vous savez... », répète-t-elle. C'est complètement absurde, Karl, je t'assure.

– Tu n'en sais rien, répondit Karl, toujours en colère contre moi. Et de toute façon, tu peux me dire tout ce que tu voudras, je pense que ce qu'elle m'a raconté sur l'éléphante est vrai. Ce ne sont pas des histoires, elle n'invente pas n'importe quoi, je le sais. J'en suis sûr.

– Comment peux-tu en être sûr ?

– Parce que moi, je raconte n'importe quoi parfois, je sais donc toujours quand ça arrive à quelqu'un d'autre aussi, et là, ce n'est pas le cas. Elle n'a pas non plus l'esprit confus comme grand-mère. Si elle dit qu'il y avait une éléphante dans son jardin, c'est qu'il y en avait une.

Je ne voulais pas discuter, je ne voulais pas qu'il soit encore plus fâché contre moi qu'il ne l'était déjà, je ne répondis donc pas. Mais je restai éveillée longtemps cette nuit-là, en me demandant si finalement Karl n'avait pas raison. Plus j'y pensais, plus je commençais à me dire que cette histoire d'éléphante sonnait peut-être juste, qu'elle avait bien le son de la vérité.

Le lendemain matin, au travail, tandis que Karl et ses amis faisaient les fous dans la neige, j'avais envie d'entrer dans la chambre de Lizzie et de lui poser des questions sur son éléphante, mais j'avais le sentiment que ce n'était jamais le bon moment. Il valait mieux ne pas l'interroger, ne pas être indiscrète, pensais-je. Elle m'avait toujours paru être une personne très réservée, qui préférait garder le silence et rester dans son monde. Nous nous étions habituées l'une à l'autre, et je pense que nous nous sentions bien toutes les deux ensemble. Je ne voulais pas gâcher ça. En entrant dans sa chambre, je me dis que si elle parlait de nouveau de son éléphante, alors je lui poserais des questions. Mais elle n'aborda pas le sujet. Elle me demanda des nouvelles de Karl, en revanche. Elle voulait tout savoir sur lui. Et surtout, quand il reviendrait la voir. Elle dit qu'elle avait quelque chose de très particulier, de très spécial à lui montrer. Elle semblait surexcitée à cette idée, mais me recommanda de ne pas lui en parler. Elle voulait que ce soit une surprise, me dit-elle.

Je m'aperçus alors que son verre d'eau était toujours plein, qu'elle n'avait rien bu, et je la réprimandai doucement, ce qui ne la surprit pas, elle y était habituée désormais.

Je fis le tour de son lit pour fermer la fenêtre, en lui faisant des reproches :

– Lizzie, ce n'est pas gentil de ne jamais vouloir boire. Mais je voyais bien qu'elle ne m'écoutait pas du tout.

– Ça vous ennuierait de laisser la fenêtre ouverte, ma chère ? demanda-t-elle. J'aime le froid, j'aime sentir l'air sur mon visage. Ça me rafraîchit. Cet endroit est surchauffé. Je trouve que c'est vraiment du gâchis.

Je fis ce qu'elle m'avait demandé, et elle me remercia – elle était toujours d'une politesse parfaite. Elle regardait les enfants par la fenêtre, à présent.

– Votre petit Karl, j'ai l'impression qu'il adore la neige. Je l'observe, là-dehors, et je revois mon frère. Il neigeait ce jour-là aussi…

Elle s'interrompit, puis reprit :

– À la radio, ce matin, ma chère, il me semble avoir entendu dire qu'on était le 13 février, aujourd'hui. C'est bien ça ?

Je vérifiai sur mon téléphone portable, et le lui confirmai.

– Pensez-vous que votre petit Karl viendra me voir, tout à l'heure ? me demanda-t-elle de nouveau, avec une certaine anxiété. J'espère vraiment qu'il va passer. J'aimerais bien lui montrer... Je crois que ça l'intéressera.

– Je suis sûre qu'il viendra, lui répondis-je.

En réalité, je n'en étais pas sûre du tout. Je savais bien à quel point Karl avait envie d'en savoir plus sur cette histoire d'éléphante, mais il me paraissait beaucoup trop s'amuser dans la neige. Lizzie n'en parla plus pendant que je faisais sa toilette, puis que je retapais ses oreillers, et l'installais de nouveau confortablement dans son lit. Elle aimait que je prenne mon temps quand je lui brossais les cheveux. J'étais occupée à le faire, lorsqu'on frappa à la porte. À mon grand soulagement, et à la joie manifeste de Lizzie, c'était Karl. Il arriva, tout essoufflé, et s'assit aussitôt à côté d'elle, les joues rouges, de la neige partout sur son manteau et même dans les cheveux. Elle tendit la main vers lui, épousseta la neige de ses vêtements, puis effleura la joue de Karl du bout des doigts.

– Il fait froid, dit-elle. Il faisait froid le 13 février, le 13 février…

Son esprit semblait s'égarer.

– Votre éléphante, l'éléphante dans le jardin. Vous vouliez m'en parler l'autre jour, vous vous rappelez ? dit Karl.

Je remarquai alors que Lizzie était au bord des larmes, et semblait bouleversée. Je pensai qu'il valait peut-être mieux que Karl s'en aille.

– Il peut revenir plus tard, une autre fois, lui proposai-je.

– Non.

Elle insista beaucoup pour que nous restions, elle le voulait absolument, répétait-elle, car elle avait besoin de nous dire quelque chose.

Je pris donc une autre chaise, et m'assis à côté d'eux.

– Qu'y a-t-il, Lizzie ? Est-ce qu'il s'est passé quelque chose le 13 février de particulièrement important pour vous ? lui demandai-je.

Elle détourna la tête, incapable de maîtriser ou de masquer le tremblement de sa voix.

– Ce jour-là, ma vie a changé pour toujours, dit-elle.

Je tendis le bras, et pris sa main dans la mienne. Elle me la serra faiblement, mais suffisamment pour me faire comprendre qu'elle voulait vraiment que nous restions auprès d'elle. Elle regardait par la fenêtre, le doigt pointé vers l'extérieur.

– Regardez, est-ce que vous voyez ? Est-ce que vous entendez ? Le vent souffle dans les arbres. Les branches, elles tremblent. Auraient-elles peur du vent, d'après vous ? C'est ce que disait le petit Karli, ce jour-là, que les arbres avaient peur du vent, qu'ils voulaient s'enfuir, mais qu'ils ne le pouvaient pas. « Nous, on peut, disait-il, mais pas eux. » Cela le rendait très triste. (Elle sourit à Karl.) Karli était mon petit frère, et tu me fais beaucoup penser à lui. Je suis contente que tu sois là, tu sais. Surtout aujourd'hui, pour que je puisse te raconter mon histoire, notre histoire, l'histoire de Karli et la mienne. Mais ça me rend triste, aussi. Le 13 février, je suis toujours triste. C'est le vent dans les arbres qui me rappelle tout ça.

J'avais déjà remarqué qu'elle parlait anglais d'une drôle de façon, en prononçant bien les mots, trop correctement, en faisant de vraies phrases. Son nom avait beau être anglais, j'avais toujours pensé qu'elle devait être néerlandaise, scandinave, ou peut-être allemande.

– Il y avait du vent, un vent chaud, brûlant, poursuivit-elle. Je ne crois pas à l'enfer, ni au paradis, d'ailleurs. Mais je ne sais pas si vous pouvez vous imaginer ce que c'était, c'était comme un vent provenant des feux de l'enfer. J'ai pensé que nous allions brûler vifs, tous autant que nous étions.

– Mais vous avez dit que ça se passait en février, l'interrompit Karl. (Je fronçai les sourcils, le regardai d'un air désapprobateur, mais Lizzie ne sembla pas se formaliser le moins du monde de cette interruption.) C'est en hiver, non ? continua Karl. Où est-ce que vous viviez ? En Afrique, ou quelque chose comme ça ?

– Non, nous ne vivions pas en Afrique. Je ne vous l'ai pas déjà dit ? Je croyais, pourtant. (Elle semblait soudain moins sûre d'elle.) Il y avait une éléphante dans le jardin, vous savez. Si, si, vraiment, il y en avait une. Et elle aimait manger des pommes de terre, des monceaux de pommes de terre. (Mon sourire ironique dut me trahir.) Vous ne me croyez toujours pas, n'est-ce pas ? Je ne peux pas vous en vouloir, bien sûr. Je suppose que, comme les autres infirmières, vous pensez que je ne suis qu'une vieille chouette à moitié dingue, que j'ai perdu la boule, comme vous dites. C'est vrai que la mécanique ne fonctionne plus aussi bien, ce qui explique ma présence ici, je suppose. Mes jambes ne m'obéissent plus toujours, et même mon cœur ne bat pas comme il le devrait. Il bondit, il palpite. Il invente son propre rythme au fur et à mesure, ce qui me donne des vertiges, et ne me simplifie pas du tout la vie. Mais s'il est une chose sûre et certaine, c'est que j'ai la tête en excellent état, et l'esprit aussi affûté qu'un rasoir. Alors, quand je dis qu'il y avait une éléphante dans le jardin, c'est qu'il y en avait une. Je n'ai aucun problème de mémoire, absolument aucun.

– Je ne pense pas du tout que vous ayez perdu les pédales, dit Karl, ni que vous soyez cinglée.

– C'est très gentil de ta part, Karl. Nous allons être de bons amis, toi et moi. Mais je dois admettre, en y repensant, que je n'arrive pas à me rappeler grand-chose de ce qui s'est passé hier, ni même ce que j'ai mangé au petit déjeuner ce matin. En revanche, je te promets que je me rappelle exactement tout ce qui s'est passé dans ma jeunesse. Je me souviens des choses importantes, des choses qui comptent. C'est comme si je les avais inscrites dans mon cerveau, pour ne jamais les oublier. Je me rappelle donc très bien – c'était le soir de l'anniversaire de mes seize ans – que j'ai regardé par la fenêtre, et que je l'ai vue. Au début, elle ressemblait simplement à une énorme ombre noire, mais ensuite, l'ombre s'est mise à bouger, et je l'ai mieux regardée. Il n'y avait pas de confusion possible. C'était un éléphant, sans aucun doute, une éléphante, comme j'allais bientôt l'apprendre. Je ne le savais pas à ce moment-là, bien sûr, mais cette éléphante dans notre jardin allait changer ma vie pour toujours, changer la vie de toute la famille. Et on pourrait dire qu'elle allait aussi nous sauver la vie.

2

Lizzie s'arrêta quelques instants, puis elle me sourit avec bienveillance, d'un air entendu.

– Non, non, vous avez trop de travail pour rester là à m'écouter, ma chère, je le vois bien, dit-elle. Il faut que vous y alliez. Il y a d'autres patients qui vous attendent. Je le sais. J'ai été plus ou moins infirmière, moi aussi, autrefois. Les infirmières ont toujours beaucoup à faire. Mais je peux parler à Karl. Je peux lui raconter mon histoire d'éléphante.

Il n'était plus question que je rate son histoire, à présent. Si Karl l'écoutait, je l'écouterais moi aussi. La vérité est que j'avais déjà senti au ton de sa voix qu'elle n'inventait rien, et que Karl avait eu raison à son sujet.

– Vous ne pouvez pas vous arrêter là, plus maintenant, lui dis-je. Je finis mon service à midi, et c'est justement l'heure, ou à peu près. J'ai donc du temps à moi.

– Et nous voulons tout savoir sur l'éléphante, hein maman ? dit Karl.

– Alors, tu vas tout savoir, Karli. Je crois qu'à partir de maintenant je t'appellerai Karli, comme mon petit frère. Ainsi, ce sera comme si tu étais dans l'histoire. (Elle laissa retomber sa tête sur son oreiller.) J'ai eu une vie bien longue, et bien remplie, je risque donc de mettre un certain temps à la raconter. Il va vous falloir de la patience. Je crois, pour commencer, qu'il faut que vous sachiez où ça se passait et le nom des gens. Je m'appelais Elizabeth à l'époque, ou parfois on m'appelait Lisbeth ; je ne suis devenue Lizzie que beaucoup plus tard. Ma mère, nous l'appelions toujours mutti. J'avais un petit frère, comme je vous l'ai dit, qui avait huit ans de moins que moi, le petit Karli. Il posait beaucoup de questions, des questions sans fin, et quand nous lui répondions, il avait toujours une autre question à propos de la réponse qu'on venait de lui donner. « Oui, mais pourquoi ? demandait-il. Comment ça se fait ? Dans quel but ? » À la fin, nous perdions souvent patience, et nous lui disions simplement que c'était « pour une raison bleue ». Il semblait alors satisfait ; je n'ai jamais compris pourquoi.

Karli était né avec une jambe plus courte que l'autre. Il fallait donc le porter souvent, mais il était toujours joyeux. En fait, c'était le clown de la famille, il nous faisait tous rire. Il adorait jongler – il y arrivait même les yeux fermés ! L'éléphante aimait beaucoup le regarder faire. On aurait dit qu'elle était hypnotisée. L'éléphante s'appelait Marlène. C'est mutti qui avait été chargée de lui donner un nom, car elle s'occupait des éléphants dans un zoo. Elle l'avait appelée comme ça à cause de Marlene Dietrich, une chanteuse qu'elle adorait, comme beaucoup de gens, d'ailleurs, à l'époque. Je me demande si vous avez jamais entendu parler d'elle – non, j'imagine que non. Il y a longtemps qu'elle est morte. Elle était très mince, très élégante, et blonde aussi. Elle n'avait rien à voir avec une éléphante, mais cela ne sembla pas gêner mutti outre mesure. Elle appela l'éléphante Marlène, c'est tout.

Nous avions un phonographe à la maison, un de ceux qu'on remontait à la manivelle, avec un grand pavillon – aujourd'hui, on n'en voit plus que chez les antiquaires. Grâce à lui, on entendait toujours la voix de Marlene Dietrich dans la maison. Nous avons grandi avec cette voix. Une voix comme du velours rouge et sombre. Lorsqu'elle chantait, j'avais l'impression que c'était uniquement pour moi. J'essayais de chanter exactement comme elle, surtout dans mon bain. Car ma voix faisait plus d'effet dans mon bain. Je me rappelle que mutti fredonnait parfois avec elle, pendant que nous écoutions ses chansons. C'était une sorte de duo.

Marlene
DIETRICH

– Mais l'éléphante ? l'interrompit de nouveau Karl, sans se donner beaucoup de mal pour cacher son impatience. Je veux dire, comment cette éléphante est-elle arrivée dans votre jardin ? Où est-ce que vous habitiez ? Je ne comprends pas.

– Oui, tu as raison, mon garçon, dit-elle. Je suis en train de brûler les étapes.

Elle réfléchit intensément pendant un moment, rassemblant ses idées, avant de reprendre :

– Finalement, il vaudrait peut-être mieux que je reprenne tout depuis le début. Une histoire devrait toujours commencer par le commencement, non ? Et je crois que commencer par ma propre naissance serait un bon début…

Je suis donc née le 9 février 1929, à Dresde, en Allemagne. Nous habitions une grande maison, avec un jardin clos derrière, un bac à sable et une balançoire. Nous avions aussi une remise à bois où vivaient les plus grosses araignées du monde, je peux vous le dire ! Il y avait beaucoup de grands arbres, des hêtres, où les pigeons roucoulaient l'été, juste devant la fenêtre de ma chambre, et, au bout du jardin, une grille en fer rouillée avec d'énormes gonds grinçants. Cette grille ouvrait sur un grand parc. Ainsi, nous avions deux jardins, d'une certaine façon, un petit qui était à nous, et un grand que nous partagions avec tous les autres habitants de Dresde.

Dresde était une ville merveilleuse, à l'époque, si belle que vous ne pouvez l'imaginer. Il me suffit de fermer les yeux pour la revoir, exactement telle qu'elle était. Notre père, que nous appelions papi, travaillait au musée des beaux-arts de la ville, où il restaurait des tableaux. Il écrivait des livres d'art, aussi, en particulier sur Rembrandt. C'était son peintre préféré. Comme mutti, il adorait écouter la musique qui sortait du phonographe, mais il préférait Bach à Marlene Dietrich. Ce qu'il aimait par-dessus tout, plus encore que Rembrandt ou Bach, c'était faire du bateau, et pêcher. Le week-end, nous allions souvent canoter sur le lac du parc, et l'été, nous emportions un casse-croûte, le phonographe, et nous nous arrêtions au bord de l'eau pour un pique-nique musical ! Papi adorait les pique-niques musicaux. Comme nous tous, d'ailleurs.

Au moment des vacances, nous partions toujours à la campagne en car, pour nous rendre dans la ferme d'oncle Manfred et de tante Lotti – tante Lotti était la sœur de mutti, vous comprenez. Nous donnions à manger aux animaux, et faisions d'autres pique-niques. Papi nous avait construit une cabane dans un arbre sur une petite île au milieu du lac – en fait, c'était plutôt un grand étang qu'un lac, quand j'y repense. Il était bordé de roseaux tout autour, je m'en souviens, et il y avait des canards, des poules d'eau, des grenouilles, des têtards, et des poissons minuscules qui filaient comme des flèches. Nous avions une petite barque à rames pour aller jusqu'à l'île et, pour le plus grand bonheur de papi, plein de truites à pêcher dans le cours d'eau qui se jetait dans l'étang.

Parfois, après la moisson, nous nous rendions tous dans le champ de chaumes jusque tard dans la soirée pour y ramasser les derniers grains de blé doré. Et quand nous le pouvions, les nuits d'été, Karli et moi allions dormir dans notre cabane dans l'arbre, au milieu de l'île. Nous restions allongés, éveillés, et nous écoutions les airs qu'égrenait le phonographe au loin dans la ferme, les chouettes qui se répondaient l'une l'autre. Nous regardions la lune voguer entre les nuages.

Nous adorions les animaux, bien sûr. Le petit Karli aimait particulièrement les cochons, et le cheval de l'oncle Manfred – Tomi, c'était son nom. Karli le montait tous les jours avec l'oncle Manfred pour se promener autour de la ferme, tandis que je faisais du vélo. Je partais pendant des heures et des heures. J'aimais descendre la colline en roue libre, le vent dans la figure.

C'était une vie de rêve pour nous, pleine de soleil et de rires. Mais aucun rêve ne dure, n'est-ce pas ? Et, parfois, ils se transforment en cauchemars.

Je suis née avant la guerre, bien sûr. Mais quand je dis ça, c'est comme si, en grandissant, j'avais toujours su qu'il y aurait une guerre. Or ce n'était pas le cas, pas du tout. On en parlait, bien entendu, il y avait beaucoup d'uniformes et de drapeaux dans les rues, des fanfares qui marchaient au pas. Karli adorait ça. Il adorait marcher à leurs côtés, même si les autres garçons se moquaient de lui. Il était très petit, très frêle, et il souffrait gravement d'asthme. Les autres l'appelaient « Jambe de bois », à cause de sa claudication, et je les détestais. Je me mettais en colère, et je leur criais ce que je pensais d'eux… enfin, quand j'en avais le courage. Ce n'était pas leur air moqueur, ni la cruauté de leurs paroles que je haïssais le plus, c'était l'injustice. Ce n'était pas la faute de Karli s'il était né comme ça. Mais il ne voulait pas que je prenne sa défense. Il devenait furieux quand je me mettais à protester et à m'insurger contre eux. Je pense qu'il leur accordait beaucoup moins d'importance que je ne le faisais moi-même.

Je crois que j'ai toujours eu un sens aigu de la justice, de la loyauté, du bien et du mal. Peut-être que c'est naturel chez les enfants, qu'ils naissent ainsi. Peut-être que ça venait de ma mère. Qui sait ? Quoi qu'il en soit, je reconnaissais toujours l'injustice, je la ressentais profondément. Et croyez-moi, il y en avait beaucoup à l'époque. Je voyais les juifs dans les rues, avec leur étoile jaune cousue sur leur manteau. Je voyais leurs boutiques avec l'étoile de David barbouillée à la peinture partout sur leurs vitrines. Plusieurs fois je vis les sections d'assaut nazies battre des juifs et les laisser pour morts dans le caniveau.

À la maison, papi n'aimait pas que nous parlions de ça, ni de tout ce qui était politique ; il était très strict là-dessus. Nous savions tous les choses terribles que les nazis faisaient, mais papi me disait toujours que notre maison devrait être une oasis de paix et d'harmonie dans un monde troublé, qu'en parler servait seulement à rendre mutti furieuse, triste, ou les deux à la fois, et que le petit Karli était beaucoup trop jeune pour y comprendre quoi que ce soit. En outre, ajoutait papi, on ne sait jamais, quelqu'un pourrait nous entendre. Mais à la ferme, un été pendant nos vacances – c'était l'été 1939 –, mutti, papi, oncle Manfred et tante Lotti eurent une longue discussion, au cours de laquelle chacun s'échauffa. Il était tard, ce soir-là, et nous étions déjà au lit, Karli et moi. Nous avons entendu chaque mot de leur conversation.

Oncle Manfred tapait sur la table, et des sanglots de colère vibraient dans sa voix. « Les Allemands ont besoin d'un gouvernement fort, disait-il. Sans notre Fürher, sans Adolf Hitler, le pays court à sa perte. Comme Hitler lui-même, j'ai combattu dans les tranchées. Nous étions compagnons d'armes. Je n'avais qu'un seul frère, et il a été tué à la guerre, de même que la plupart de mes amis. Est-ce que tous ces sacrifices auraient été faits pour rien ? Je me souviens de l'humiliation de la défaite, des gens affamés dans les rues après la guerre. J'y étais. J'ai vu tout ça de mes propres yeux. Ne vous y trompez pas, ce sont le gouvernement de Berlin et les juifs qui ont trahi notre patrie et l'armée. Mais maintenant, Hitler nous redonne notre dignité, il remet les choses à leur place. »

Jamais de ma vie je n'aurais imaginé qu'oncle Manfred puisse être aussi en colère. Mutti était furieuse, elle aussi, elle le traita de *ein dumkopf*, c'est-à-dire d'idiot ou d'imbécile. Elle dit que Hitler était fou, que le régime nazi était la pire des choses qui soit jamais arrivée à l'Allemagne, que nous avions beaucoup d'amis très chers qui étaient juifs, et que si Hitler continuait comme ça, il nous mènerait tout droit à une autre guerre.

Oncle Manfred, qui fulminait à présent, absolument hors de lui, répliqua qu'il espérait bien qu'il y aurait une guerre, pour que cette fois le monde entier comprenne qu'il fallait respecter l'Allemagne. Puis, à ma plus grande surprise, tante Lotti, d'habitude si douce, se joignit à lui, en traitant mutti de « lâche », et de « minable pacifiste en adoration devant les juifs ». Mutti lui répondit sans mâcher ses mots qu'elle était fière d'être pacifiste, et qu'elle le resterait jusqu'au jour de sa mort. Au milieu de tout ça, papi faisait de son mieux pour essayer de calmer les choses, disant que chacun avait le droit d'avoir ses opinions, mais que nous étions de la même famille, que nous étions tous allemands, et que nous devrions rester unis, quels que soient nos points de vue. Personne ne l'écoutait.

La discussion fit rage pendant presque toute la nuit. À vrai dire, à l'époque, je ne comprenais pas très bien de quoi ils parlaient – suffisamment, cependant, pour savoir que j'étais du côté de ma mère. Karli comprenait encore moins que moi, mais nous étions tous les deux bouleversés, stupéfaits de les entendre se dresser ainsi les uns contre les autres, et crier comme ça. Lorsque j'y repense à présent, je me rends compte que j'aurais dû en savoir plus, être plus au courant des questions qui les divisaient. Mais je ne l'étais pas, pas encore. J'étais simplement une adolescente en train de grandir, j'imagine. Oui, les choses terribles que j'avais vu faire aux sections d'assaut dans les rues me faisaient horreur, mais la vérité est – et j'en ai honte aujourd'hui encore – que j'étais beaucoup plus intéressée par les garçons et par les bicyclettes que par la politique, plus encore par les bicyclettes que par les garçons, je dois dire.

Je ne pense pas que j'avais compris à quel point la dispute avait été grave avant le lendemain matin. Lorsque nous arrivâmes dans la cuisine, Karli et moi, pour prendre notre petit déjeuner, mutti avait fait toutes nos valises. Elle était en larmes, et papi nous annonça d'un air sombre que nous rentrions à la maison. Il dit qu'oncle Manfred et tante Lotti avaient décidé que nous n'étions plus les bienvenus chez eux, que nous ne les verrions donc plus, ni ne leur parlerions plus jamais. Oncle Manfred et tante Lotti restaient invisibles. Je nous revois encore tous les quatre sur la route, en train de nous éloigner de la ferme, sachant que nous ne reviendrions plus jamais. Karli s'était mis à pleurer, et je n'avais pas tardé à l'imiter. On aurait dit que c'était la fin d'un rêve merveilleux. Et il apparut que c'était exactement ça. À peine un an plus tard, mon père rentra un jour à la maison, vêtu de son uniforme gris de soldat. Il nous apprit qu'il était envoyé en France. Ce fut une surprise totale pour moi.

Voilà comment la guerre a commencé pour nous, comment notre cauchemar a commencé, le cauchemar de tout le monde.

3

– Je vais peut-être boire un peu d'eau, maintenant, dit Lizzie, en tendant la main vers son verre.

Je ne fus que trop heureuse de le lui donner.

– Je crains que vous ne vous fatiguiez, lui dis-je.

– Je vais bien, répliqua-t-elle d'une voix ferme. Très bien. J'avais la gorge sèche, c'est tout.

– Et l'éléphante, alors ? lui demanda Karl. Vous ne nous avez pas encore parlé de l'éléphante.

– Patience, patience ! répondit-elle en riant. Tu es comme Karli, exactement comme lui. Des questions, toujours des questions. La ressemblance entre vous est – comment dire ? – troublante. J'allais justement en venir à cette partie de mon histoire.

Elle inspira profondément, et ferma les yeux avant de reprendre.

C'est à peu près à ce moment-là que mutti alla travailler au zoo, avec les éléphants. Tant d'hommes étaient partis à la guerre, désormais, que les femmes les remplaçaient de plus en plus au travail. Sans compter qu'à présent, papi n'étant plus là, je pense que nous devions avoir besoin d'argent. Papi venait en permission à la maison tous les deux ou trois mois, mais chaque fois il me paraissait plus changé, presque un homme différent. Son visage s'était émacié, il avait des cernes noirs sous ses yeux enfoncés dans leurs orbites. Il s'asseyait dans son fauteuil, Karli sur ses genoux, et ne disait pratiquement rien. Nous n'allions plus jamais faire de bateau ensemble. Il n'allait plus pêcher. Il n'écoutait même plus son Bach bien-aimé sur le phonographe. Il ne riait jamais, pas même aux blagues et aux facéties de Karli.

Puis, comme la guerre s'éternisait, année après année, mon père revint de moins en moins souvent à la maison. Nous avions entendu dire qu'il était quelque part en Russie, mais nous ne savions jamais exactement où. Nous recevions des lettres, bien sûr, mais très espacées les unes des autres. Dès qu'une nouvelle lettre arrivait, notre mère nous la lisait à haute voix, à Karli et à

moi, le soir avant d'aller au lit. Nous restions alors ensemble pour ce que mutti appelait toujours « un moment familial » : nous nous tenions par la main autour de la table de cuisine, et fermions les yeux en pensant à papi. Ensuite, nous rangions la lettre avec toutes les autres sur la tablette de la cheminée, derrière la photo de papi en uniforme. Le dessus de la cheminée devint une sorte d'autel à sa mémoire.

Karli nous demandait souvent si papi était mort à la guerre. Bien sûr que non, lui répondions-nous. Notre père allait bien, lui disais-je. Il reviendrait bientôt à la maison. Nous lui racontions n'importe quoi pour qu'il ne perde pas le moral, nous lui disions que tout serait fini avant même qu'on s'en aperçoive, et que tout redeviendrait comme avant. Mais à mesure que la guerre continuait, il devint impossible de lui cacher la vérité. Les nouvelles empiraient de semaine en semaine. La nourriture commençait à se faire rare. De plus en plus de villes étaient bombardées dans toute l'Allemagne. Les jours où nous ne pouvions pas aller à l'école, parce qu'il n'y avait pas assez de charbon pour chauffer les classes, devenaient de plus en plus nombreux. L'armée soviétique – l'Armée rouge, comme on l'appelait – se refermait sur nous à l'est. Les réfugiés affluaient à Dresde. Et les Alliés – les Américains et les Anglais – marchaient déjà sur l'Allemagne par l'ouest. De plus en plus de maris, de fils, de frères étaient morts ou portés disparus. Il était courant, à présent, quasiment chaque semaine, que l'un de nos camarades d'école reçoive la terrible nouvelle qu'un père ou un frère ne rentrerait jamais à la maison. Ma mère et moi commencions donc à craindre le pire pour papi. Nous le redoutions toutes les deux, je le sais, mais nous n'osions pas en parler.

Nous écoutions la radio chaque soir, mutti et moi. Pendant toute la guerre, nous avons écouté les informations sur le front où nous pensions qu'il combattait. À la radio, ils essayaient toujours de faire passer les mauvaises nouvelles pour des bonnes, ils étaient très doués pour ça. Mais ils pouvaient toujours raconter ce qu'ils voulaient, nous savions, comme tout le monde, désormais, que la guerre était perdue – que la seule question était de savoir quand elle finirait, et qui arriverait en premier dans notre pays, l'Armée rouge qui venait de l'est, ou les Alliés qui venaient de l'ouest. Nous espérions tous que ce seraient les Alliés car nous avions entendu les réfugiés dire des choses terribles sur l'Armée rouge. À la fin, il devenait trop pénible d'écouter la radio, et on arrêta de le faire. Nous écoutions le phonographe à la place, en souhaitant chaque jour que la guerre finisse, et que papa revienne à la maison. La nuit, avant d'aller au lit, mutti s'assurait que nous disions bonsoir à la photo de notre père. Karli aimait la toucher du bout des doigts.

Il fallait que je le porte, car il était trop petit pour l'atteindre tout seul.

Je crois que j'étais souvent en colère à l'époque – contre la façon dont les choses se passaient dans le monde, je veux dire. Et je dois avouer à ma grande honte que, parfois, cette colère se retournait contre ma mère, à laquelle je reprochais à peu près tout. Je n'ai pas d'excuse, si ce n'est que j'avais quinze ans, et que je sentais jour après jour qu'on me volait tout mon bonheur. J'avais l'impression d'être creuse à l'intérieur, vide et furieuse. C'est difficile à expliquer, mais il me semblait que j'étais seule au monde, un monde que j'avais aimé et que j'en étais venue à détester. Je restais de plus en plus souvent à l'écart de tous et de tout, de mes amis, et de ma famille aussi, comme si je n'en faisais plus partie. De même que mon père, je n'arrivais même plus à apprécier les facéties de Karli. Il continuait de plaisanter et de jongler comme avant, tandis que le monde s'effondrait autour de nous. Je devins de plus en plus irritable avec lui, et avec mutti aussi. Elle s'en rendait compte, je pense, et elle essayait d'être plus maternelle, plus attentive à mon égard, ce qui ne faisait qu'aggraver les choses, bien entendu.

Nous n'habitions pas loin du zoo où elle travaillait, si bien que le soir, lorsque je sortais dans le jardin plongé dans l'obscurité, je pouvais entendre les lions rugir, les singes jacasser, et les loups hurler. J'avais pris l'habitude de sortir de la maison dès que je le pouvais. Même lorsqu'il faisait très froid, je m'asseyais sur la balançoire et je les écoutais. Je fermais les yeux, essayant de m'imaginer dans la jungle, loin de ce qui se passait, loin de la guerre et de toute cette tristesse. Un soir, mutti vint me rejoindre, en m'apportant mon manteau.

– Tu vas tomber malade, Elizabeth, me reprocha-t-elle doucement, en posant le manteau sur mes épaules.

Elle commença à me parler des animaux que nous entendions, à me donner leur nom, me dire de quels pays ils venaient, qui était ami avec qui, à m'expliquer la personnalité de chacun, et à me décrire leurs drôles d'habitudes. Puis elle se mit de nouveau à parler de Marlène, la jeune éléphante qu'elle avait quasiment adoptée, à présent. Je n'avais pas envie de l'entendre discourir sur Marlène. Mutti en parlait sans arrêt, et avec tant d'affection, qu'on aurait pu croire que cette éléphante faisait partie de la famille.

Je me demandai soudain si elle ne tenait pas plus à Marlène qu'à Karli et à moi.

L'éléphante devait avoir environ quatre ou cinq ans, à ce moment-là. Mutti avait assisté à sa naissance, elle en était très fière, et en fut plus fière encore lorsque le *Herr Direktor* du zoo lui annonça que comme elle avait été la première à la voir venir au monde, ce serait à elle de lui donner un nom. Ensuite, on aurait presque dit que Marlène était son bébé. Depuis quelques jours en particulier, elle n'avait cessé de parler d'elle, car elle se faisait du souci à son sujet.

Un mois ou deux avant cette conversation, la mère de Marlène était tombée malade, puis était morte soudainement. Mutti rentrait donc tard tous les soirs, car elle passait de plus en plus de temps au zoo, uniquement pour rester avec Marlène, et la réconforter. Les éléphants ont de la peine, exactement comme nous – mutti nous l'avait souvent expliqué. Elle nous dit que Marlène avait besoin qu'elle reste le plus longtemps possible auprès d'elle, que l'éléphante ne mangeait plus, et qu'elle était déprimée depuis la mort de sa mère. Maintenant, il y avait une photo d'elles deux sur la cheminée, où l'on voyait mutti caresser l'oreille de Marlène. Elle avait posé cette photo juste à côté de celle de papi, tout près de ses lettres, et ça ne me plaisait pas du tout.

Mutti nous avait emmenés plusieurs fois au zoo, Karli et moi, pour voir Marlène. C'est vrai que la petite éléphante avait l'air triste, abattue. Et mutti avait raison, c'était l'éléphante la plus douce du monde, la plus attendrissante. Elle avait un regard si gentil ! Sa trompe semblait mener sa propre vie, et Marlène grondait, grognait presque comme si elle parlait, ce qui faisait toujours rire Karli. Or, chaque fois qu'il riait, l'éléphante semblait retrouver un peu de gaieté. Karli et elle devinrent les meilleurs amis du monde. Rien n'était plus important, aux yeux de Karli, que ces moments qu'il passait avec Marlène, lorsque mutti nous emmenait la voir. Ils se ressemblaient tellement, ces deux-là – Marlène et Karli, je veux dire. Malicieux, curieux de tout, drôles. Karli lui parlait pendant qu'il lui donnait à manger, et qu'il la conduisait en la tenant par la trompe. Ils se comprenaient parfaitement, étaient toujours sur la même longueur d'onde, c'étaient de vraies âmes sœurs.

DRESDEN
ZOO

Pour être honnête, je crois que j'étais un peu jalouse, que c'est la raison pour laquelle j'en avais vraiment par-dessus la tête d'entendre mutti parler sans arrêt de sa fichue éléphante. Et voilà qu'elle recommençait.

– Tu entends ça, Elizabeth ? me demanda-t-elle en m'attrapant par le bras. C'est Marlène ! Je suis sûre que c'est elle qui barrit de nouveau. Elle déteste le hurlement des loups. Je lui ai dit qu'ils ne lui feraient pas de mal, mais elle est toute seule la nuit, quand je ne suis pas là-bas avec elle, et elle a peur. Tu l'entends ?

– Pour l'amour de Dieu, mutti !

Au moment même où je me mis à crier contre elle, je me rendis compte que je n'aurais pas dû. Mais je ne pouvais pas m'en empêcher.

– Il y a une guerre, mutti, au cas où tu ne

l'aurais pas remarqué ! Papi est loin d'ici, en train de se battre. En ce moment même, il est probablement étendu sans vie dans la neige, quelque part en Russie. Des milliers de personnes meurent de faim dans les rues de la ville. Et tu n'as pas d'autre sujet de conversation que ta chère Marlène. Ce n'est qu'une éléphante, une stupide éléphante !

Ma mère se tourna alors vers moi.

– Et tu crois vraiment que si je parle de la guerre, ça ramènera papi à la maison ? Que les bombardements s'arrêteront ? Que les Russes et les Américains feront demi-tour et rentreront chez eux ? Je ne le pense pas, Elizabeth. Nous sommes en train de perdre cette guerre, et tu sais quoi ? Ça m'est égal. Que veux-tu que j'y fasse ? Pourquoi devrais-je en parler ? À quoi bon ? Tout ce que je peux faire, c'est veiller sur mes enfants et veiller sur mes animaux. Je ferai les deux jusqu'à mon dernier souffle. À Marlène, je parle de Karli et de toi. À vous, je parle de Marlène. Est-ce donc si terrible ?

Je ne l'avais jamais vue dans cet état, et je regrettai aussitôt les mots cruels que j'avais eus. On se mit alors à pleurer, en se serrant l'une contre l'autre dans l'obscurité du jardin. C'est curieux comme un moment tel que celui-ci peut changer les choses. Jusqu'alors, j'avais simplement été son enfant, sa fille, et elle ma mère. Jusqu'alors, nous ne nous étions que très peu confiées l'une à l'autre. Soudain, je lui ouvrais mon cœur, elle m'ouvrait le sien. C'est ce soir-là qu'elle me raconta ce qui la tourmentait tellement :

– Depuis plusieurs semaines, maintenant, je ne dors pas la nuit, et tu sais pourquoi, Elizabeth ? dit-elle. Je ne dors pas parce que je devrais m'inquiéter pour papi, pour toi et pour le petit Karli. Et je m'inquiète, bien sûr. Mais pas assez, et c'est pour ça que je m'en veux tellement. Je n'arrête pas de penser à une autre chose, une chose terrible, si terrible que je n'arrive pas à me la sortir de la tête.

– Qu'est-ce que c'est, mutti, qu'est-ce que c'est ? lui demandai-je.

Elle m'emmena un peu plus loin, jusqu'au banc du jardin contre le mur du fond, le banc où papi et elle avaient l'habitude de s'asseoir les soirs d'été lorsqu'ils voulaient être seuls. Karli et moi, nous les regardions alors par la fenêtre de notre chambre, en nous demandant toujours ce qu'ils pouvaient bien se dire. Parfois, je m'en souviens, le petit Karli faisait semblant de fumer, imitant tout ce que papi faisait, jusqu'à ce que nous éclations tous les deux de rire. Je crois que c'était la première fois que je m'asseyais là avec mutti. J'étais à la place de papi, et ça me faisait un drôle d'effet.

Mutti tint étroitement ma main dans la sienne en me parlant.

– Le *Herr Direktor* du zoo, Elizabeth, nous a réunis, tous les gardiens, tout le monde – c'était il y a un mois environ. Il nous a dit qu'il avait quelque chose de très grave à nous annoncer. Jusqu'à présent, a-t-il expliqué, Dresde n'avait pas été bombardée. Presque toutes les grandes villes d'Allemagne étaient en ruine : Berlin, Hambourg, Cologne. Des milliers et des milliers de personnes étaient mortes. Seule Dresde avait été épargnée. Mais tôt ou tard, les avions viendraient nous bombarder, c'était sûr, et il fallait s'y préparer. Jusqu'à présent, nous avions eu de la chance; notre chance, cependant, ne durerait pas toujours. Pourquoi Dresde serait-elle spécialement épargnée ? « Lorsque les bombardiers viendront, nous y serons préparés. Nous avons des sous-sols ou des abris où nous rendre, et ils sont profondément enfoncés sous terre, si profondément qu'une bonne partie d'entre nous a des chances de survivre. Nous savons où aller. Nous nous sommes tous exercés pour savoir que faire en cas de raid aérien. Mais les animaux, a-t-il ajouté, n'ont aucun endroit où aller, nulle part où se cacher. Si le zoo est bombardé – et au cours d'un raid c'est très probable –, alors il est possible que de nombreux animaux s'échappent de leur cage, et se répandent dans la ville. Les autorités disent qu'il est hors de question qu'une telle chose se produise. »

– Qu'est-ce qu'ils vont faire des animaux, alors ? lui demandai-je. Est-ce qu'ils vont les emmener quelque part à l'abri ?

– J'ai bien peur que non, répondit mutti. Le *Herr Direktor* nous a appris que, malheureusement, il avait été décidé qu'il fallait supprimer la plupart des animaux, et surtout les grands carnivores – les lions, les tigres, les ours, les éléphants aussi –, tous les animaux qui pouvaient représenter une menace pour les habitants de la ville. « Je sais que c'est quelque chose de terrible à faire, a-t-il ajouté, mais si le pire arrive, et que les bombardiers viennent, il faudra nous y résoudre. Nous n'avons pas le choix. Il faut nous y préparer. » Voilà ce que nous a annoncé le *Herr Direktor*, Elizabeth, s'écria mutti, au bord des larmes. S'y préparer ! Comment pourrais-je me préparer à les regarder sans rien faire, pendant qu'ils tuent Marlène ? Tu t'imagines ? Je ne peux pas supporter cette idée, Elizabeth, je ne peux tout simplement pas.

– Est-ce que les bombardiers vont vraiment venir, mutti ? lui demandai-je.

Elle ne me répondit pas tout de suite.

– J'en ai peur, Elizabeth, dit-elle enfin. Pour ne rien te cacher – et je pense que tu es assez grande, maintenant, pour que je ne te cache rien –, je ne vois pas pourquoi ils ne viendraient pas. Tôt ou tard, ils doivent venir. Nous le savons tous.

Je crois que je n'ai jamais eu aussi peur de ma vie qu'à ce moment-là. Mutti essaya de me réconforter du mieux qu'elle pouvait.

– Je n'aurais pas dû te dire ça, je n'aurais pas dû, murmura-t-elle en me serrant contre elle. Mais ne t'inquiète pas. Quoi qu'il arrive, je veillerai sur toi et sur le petit Karli. Les sirènes qui annoncent un raid aérien nous avertiront bien à temps, et l'abri est tout près, n'est-ce pas ? En plus, il est si profond que, là-dessous, les bombes ne pourront pas nous atteindre. Nous nous sommes entraînés si souvent à y aller ! Nous survivrons aux bombardements, je te le promets. Toi, le petit Karli, et moi. Ils pourront envoyer tous les bombardiers qu'ils voudront, nous survivrons. Et je vais te promettre encore une chose, Elizabeth. Je trouverai un moyen pour que Marlène survive aussi. Je ne laisserai pas cette guerre emporter tous ceux que j'aime.

Elle essuya mes larmes, me prit par les épaules, et écarta les cheveux de mes yeux.

– Crois-moi, tout ira bien, Elizabeth.

Rentrons à présent, et allons souhaiter une bonne nuit à papi.

C'est donc ce que nous fîmes. Le matin, nous nous retrouvâmes tous les trois ensemble, dans le lit de mutti. Notre mère déclara qu'il y avait très longtemps qu'elle n'avait pas aussi bien dormi. Au petit déjeuner, elle nous annonça que dorénavant elle voulait qu'on vienne toujours dormir avec elle, qu'on soit tous les trois ensemble. Il y avait une éternité que je ne l'avais pas vue si heureuse, et moi aussi, je me sentais de très bonne humeur. En sortant de la maison, ce matin-là, elle m'embrassa pour me dire au revoir, et en me serrant dans ses bras, elle me murmura quelque chose :

– J'ai eu une idée, Elizabeth, pendant la nuit, une idée merveilleuse, une grande idée. Un secret.

– Qu'est-ce que c'est ? lui demandai-je.

Mais elle refusa de m'en dire plus.

En allant à l'école avec Karli, ce matin-là, j'entendis soudain des avions vrombir furieusement au-dessus de nos têtes. Je sentis un frisson de peur, tel un frisson de fièvre, me monter dans le dos. Puis Karli se mit à sauter, à bondir, et à leur faire de grands signes.

– Ce sont les nôtres ! s'écria-t-il. Ce sont les nôtres !

Et c'était vrai. Pour cette fois.

Deuxième partie

Le cercle de feu

1

J'avais l'impression, en écoutant Lizzie, qu'elle revivait chaque instant de son histoire dans sa tête, alors même qu'elle la racontait. Mais elle avait dû faire un effort trop intense, et elle était épuisée. Elle reposa la tête sur son oreiller et garda le silence pendant un moment.

– Je crois que ça suffit pour le moment, Lizzie, lui dis-je, en me levant pour partir, et en encourageant Karl à m'imiter. Vous pouvez nous raconter la suite une autre fois. Pourquoi pas demain ? Allons, viens, Karl.

Je vis que Karl n'appréciait pas du tout ce que je venais de dire. Il ne discuta pas, mais me lança un de ses regards noirs dont il avait le secret.

– Restez, murmura-t-elle en tendant la main vers nous. S'il vous plaît, laissez-le rester. Tu veux connaître le secret de mutti, n'est-ce pas, Karli ? C'est maintenant que je dois en parler. Il vaut mieux que je le fasse aujourd'hui, car demain ce sera trop tard. Demain, ce ne sera plus le 13 février. C'est pourquoi il faut que je raconte ce qui s'est passé maintenant. C'est une date anniversaire, vous comprenez ? Il y a un temps pour ces choses-là. Sans compter, poursuivit-elle, en me lançant un regard à la fois malicieux et éloquent, sans compter que, comme vous le savez, pour quelqu'un de mon âge, il peut très bien ne pas y avoir de lendemain. Tôt ou tard, nous sommes tous à court de lendemains. C’est vrai, non ?

– Ne parlez pas comme ça, dis-je, tout en sachant très bien qu’elle avait gagné la partie. Il vous reste encore plein de lendemains. Mais êtes-vous sûre de ne pas être trop fatiguée ?

– Je serai fatiguée quand mon histoire sera finie, ma chère, et pas avant, répondit-elle.

– Très bien, alors. Nous resterons, mais seulement si vous buvez un peu d’eau pour me faire plaisir. Marché conclu ?

Je ne plaisantais qu’à moitié, et elle le savait.

– Ta maman, Karli, dit Lizzie en souriant, est une excellente infirmière, et je suis sûre qu’elle est aussi une excellente mère, mais elle est un peu autoritaire, quelquefois. J’ai raison, ou pas ?

– Ah, oui alors ! répondit Karl, en hochant vigoureusement la tête, un sourire triomphant aux lèvres.

– Marché conclu, reprit Lizzie.

Et elle but délicatement quelques gorgées d'eau, avant de s'essuyer les lèvres sur son drap, et d'appuyer de nouveau sa tête sur son oreiller.

– C'est étrange…, commença-t-elle.

Nous étions si préoccupés, je pense, par les choses ordinaires de la vie, qu'au bout d'un moment, je ne pensai plus beaucoup à la mystérieuse idée de mutti. Je lui posai des questions une fois ou deux, et elle me répondit qu'« elle y travaillait ». Je n'avais évidemment pas oublié ses paroles m'avertissant que la ville pourrait bientôt être bombardée, et que les armées se refermaient sur nous de tous les côtés. Comment aurais-je pu ? J'essayais simplement d'y penser le moins possible.

Quand je replonge dans cette période, je m'aperçois – ça paraît difficile à croire aujourd'hui – que je n'étais pas tout le temps angoissée. La vie continuait comme avant. Nous allions à l'école, Karli et moi, comme d'habitude – lorsqu'il y avait suffisamment de charbon pour chauffer les classes, s'entend. Nous avions des devoirs à faire à la maison, et des examens. Les gens marchaient et discutaient dans la rue, comme d'habitude. Les trams passaient dans un bruit de ferraille, comme d'habitude. Je ne pouvais pas oublier la guerre – évidemment, aucun de nous ne le pouvait – mais j'imagine que nous devions tous la mettre quelque part dans un coin de notre tête, pour pouvoir continuer à vivre chaque jour, traverser cette période le moins mal possible. C'était peut-être le seul moyen de garder l'espoir que de regarder au-delà de tout ce que nous voyions autour de nous, au-delà de l'ombre du désastre qui planait au-dessus de nous. J'espérais tellement que mutti avait raison, je priais chaque nuit pour que tout se passe bien, pour que la guerre ne soit plus qu'une question de jours, pour que les bombardiers ne viennent pas, pour qu'en regardant par la fenêtre un matin, je voie papi revenir à la maison, que je coure vers lui et qu'il me prenne de nouveau dans ses bras. Lorsque le printemps reviendrait, nous irions voir oncle Manfred et tante Lotti là-bas à la ferme, nous redeviendrions amis comme avant, Karli et moi dormirions dans la cabane en haut de l'arbre, nous regarderions la lune monter entre les nuages, et tout serait exactement comme dans mon souvenir, exactement comme cela devrait toujours être.

La neige se mit à tomber, comme aujourd'hui, et le petit Karli était ravi, bien sûr. Il était le seul élève de l'école à savoir jongler avec des boules de neige ! J'allai faire de la luge avec lui dans le parc, puis un bonhomme de neige dans le jardin. Nous nous lancions des boules en allant à l'école et en en revenant. Toute la ville semblait dormir silencieusement sous sa couverture blanche. Les tuyaux gelèrent. Nous aussi, nous gelions. C'était l'hiver le plus froid qu'on avait jamais connu. Bientôt la neige ne nous amusa plus tellement. Elle rendait simplement la vie plus dure pour tout le monde, surtout pour les réfugiés dans les rues. Chaque jour, désormais, je les voyais par centaines dehors en train de faire la queue dans le froid devant les soupes populaires, ou blottis les uns contre les autres sous les porches des maisons pour essayer de se réchauffer, avec leurs enfants qui pleuraient. Et la guerre traînait en longueur, misérable, interminable.

L'anniversaire de mes seize ans eut lieu le 9 février 1945, un jour que je n'oublierai jamais, non pas que j'aie eu un tas de cadeaux, ni un tas d'amis pour faire la fête à la maison. Il n'y avait pas d'argent pour ça, et personne n'était d'humeur à célébrer quoi que ce soit. Mutti et Karli m'avaient fait une carte d'anniversaire, et ils me la donnèrent au petit déjeuner. Je me souviens que c'était une sorte de collage d'images découpées illustrant la vie du cirque, avec des clowns, des acrobates, des jongleurs, des chevaux, et des éléphants, bien sûr, beaucoup d'éléphants. Je la posai sur la tablette de la cheminée derrière la photo de papi, avant de partir à l'école le matin.

Lorsque nous rentrâmes à la maison, le soir, mutti n'était pas là. Cela ne nous étonna pas. Nous nous étions habitués à ce qu'elle rentre tard depuis quelques jours. Mais ce soir-là en particulier, elle était encore plus en retard que d'habitude. Je commençais à m'inquiéter un peu, quand j'entendis la grille du jardin s'ouvrir en grinçant. Puis mutti nous appela de l'extérieur. Elle rentrait par l'arrière de la maison. Je me dis que c'était un peu bizarre, mais n'essayai pas vraiment de comprendre pourquoi. J'étais simplement soulagée qu'elle soit là. Elle tapa des pieds pour enlever la neige qui collait à ses bottes et entra dans la cuisine. Elle portait un gros sac sur son épaule.

– Pommes de terre, annonça-t-elle, en déposant son sac sur le sol, et en s'asseyant lourdement à table. Elle était essoufflée, le visage rougi par le froid, l'air heureux, aussi. Cela faisait longtemps que je ne lui avais pas vu l'air si heureux.

– Je vais préparer de la soupe de pommes de terre pour ton anniversaire, Elizabeth, et l'accompagner d'un petit jambon – il me reste un petit jambon. Je te ferai la meilleure soupe de pommes de terre qu'une mère ait jamais faite pour sa fille. Et... et j'ai un petit cadeau pour toi, une surprise.

– Une surprise ? m'exclamai-je.

– Bien sûr, dit-elle en riant. On ne peut pas avoir d'anniversaire sans surprise, n'est-ce pas ? Et je peux t'assurer que c'est la plus grande surprise que tu auras jamais eue ! Elle est dehors dans le jardin. Je crains qu'elle ne soit un tout petit peu trop grosse pour l'amener à l'intérieur.

Karli arriva à la fenêtre avant moi, ce qui m'irrita, car, dans mon esprit, c'était mon anniversaire, et ma surprise, pas la sienne. Je le poussai pour regarder dehors. Je vis qu'il neigeait toujours, mais au début, je ne vis pas grand-chose d'autre. Karli s'était déjà précipité vers la porte de derrière, et l'ouvrait.

– Il y a un éléphant dans le jardin, mutti ! cria-t-il. Pourquoi y a-t-il un éléphant dans notre jardin ?

C'est alors que je vis, moi aussi, une ombre énorme qui bougeait, et devenait un éléphant, à mesure qu'il venait vers moi sous la lumière qui tombait de la fenêtre. Mutti avait passé son bras autour de ma taille et déposait un baiser sur mes cheveux.

– Mon secret, tu te rappelles ? murmura-t-elle. Bon anniversaire, Elizabeth !

– C'est Marlène ! s'écria Karli, en bondissant de joie.

– C'est vraiment elle ? demandai-je.

Je n'étais pas encore sûre de ne pas avoir d'hallucination.

– Il m'a fallu un certain temps pour persuader le *Herr Direktor*, mais j'ai fini par y arriver, expliqua mutti. Je lui ai dit la vérité, à savoir que s'il lui arrivait quelque chose, ça briserait le cœur de Karli. Et je l'ai aussi convaincu que Marlène avait désormais besoin de moi jour et nuit, que sans sa mère elle risquait de dépérir, de mourir de tristesse. Il fallait que je reste tout le temps avec elle. Et c'est vrai, entièrement vrai.

J'en suis sûre. Mieux encore, j'ai obtenu de lui la promesse que Marlène serait épargnée s'il fallait tuer les autres animaux, si nous étions bombardés. « Elle est peut-être grande et grosse, lui ai-je dit, mais elle est encore très jeune, aussi douce qu'un chaton, et totalement inoffensive. » Il n'a vraiment pas été facile à convaincre mais, comme vous le savez, je peux me faire très insistante. À partir d'aujourd'hui, Marlène sortira du zoo et reviendra tous les soirs avec moi à la maison, puis je la ramènerai là-bas le matin. Nous ne la perdrons jamais de vue. Elle vit avec nous comme un membre de la famille. Voilà, pour ton anniversaire, Elizabeth, tu as une nouvelle petite sœur. Enfin, disons plutôt, une grande sœur.

– Et c'est ma sœur à moi aussi ! s'écria Karli, fou d'excitation. Je me rappelle les mots exacts qu'il a employés à ce moment-là : « *Wunderbar ! Ausgezeichnet !* » Formidable ! Génial !

Je n'avais plus de mots. Je pense que j'étais trop abasourdie pour penser à quoi que ce soit.

– Ce soir, reprit mutti, nous allons tous manger des pommes de terre. Marlène adore les pommes de terre. Et elle adore qu'on la nourrisse à la main, tu te rappelles, Karli ? Maintenant, nous allons tous pouvoir le faire, n'est-ce pas ? Elle engloutit une quantité énorme de pommes de terre, mais heureusement, ça ne semble pas la gêner d'avaler des patates à moitié pourries, celles dont personne ne veut.

Pendant que nous mangions notre soupe fumante, ce soir-là, Marlène nous regardait par la fenêtre, le bout de sa trompe explorant la vitre. Ensuite, nous sommes sortis dans la neige, et Karli a tendu le bras vers elle, l'a prise par la trompe et l'a conduite dans la remise à bois qui était à moitié vide, ce qui laissait à Marlène toute la place nécessaire pour s'abriter de la neige. Karli resta près d'elle, lui caressant l'oreille, lui donnant à manger des pommes de terre, lui parlant tout le temps, comme s'il avait fait ça toute sa vie. Et Marlène lui répondait à sa façon. Si, si, je vous assure, elle lui répondait en grognant, gémissant, grondant : elle avait son propre langage !

Je tins la lampe pendant que mutti répandait un peu de paille autour des pattes de l'éléphante. Mais je gardai mes distances. Peut-être parce qu'elle était trop énorme pour l'approcher – je ne sais pas pourquoi, mais elle semblait beaucoup plus grande dans notre remise que lorsqu'elle était au zoo. Je pense aussi que j'étais nerveuse, car elle avait une façon de me regarder qui me mettait mal à l'aise, au début. Ou plutôt, ce n'était pas tant sa façon de me regarder, que l'impression qu'elle voyait directement en moi. Je savais donc qu'elle devait se rendre compte de la jalousie tenace que je ressentais envers elle et Karli. Peu à peu, cependant, je compris qu'elle ne me jugeait pas. Personne ne m'avait jamais regardée dans les yeux comme ça, jusqu'alors. Tout ce que je peux dire, c'est que c'était un regard plein de curiosité, de gentillesse et d'amour. Le vague ressentiment que je pouvais encore éprouver à l'égard de Marlène s'évanouit complètement pendant cette première nuit dans la remise.

Lorsque nous entendîmes les loups hurler

au loin dans le zoo, et qu'elle commença à paraître inquiète, agitée, je tendis la main et caressai sa trompe pour la réconforter, pour lui montrer que, quoi qu'elle éprouve à mon égard, j'éprouvais la même chose. Je me souviens que Karli leva alors les yeux vers moi, et me dit :

– Maintenant, j'ai deux sœurs, une avec un long nez, et l'autre avec un nez plus court – enfin, juste un peu plus court !

Je ne vous répète pas ce que je lui ai répondu, mais ce n'était pas très poli !

Karli et moi n'avons pas beaucoup dormi cette nuit-là. Nous restions côte à côte près de la fenêtre, les yeux fixés sur la remise à bois. De Marlène, nous ne voyions que la masse sombre sous son abri. Puis, de temps en temps, sa trompe qui se tendait dans la nuit enneigée.

– Elle attrape des flocons, tu ne crois pas ? dit Karli.

Nous étions une famille plutôt réservée, d'habitude. Nous aimions être ainsi et, comme l'avait souvent répété papi, ce n'était pas plus mal dans une période où il valait mieux ne pas attirer l'attention sur soi. C'est pourquoi, jusque-là, les voisins du quartier n'avaient jamais fait tellement attention à nous. Mais le lendemain, tout changea. Un visage stupéfait apparut quasiment derrière chaque fenêtre, lorsque

nous sortîmes par la grille de derrière pour passer par le parc. Mutti conduisait l'éléphante par la trompe et se dirigeait vers le zoo, tandis que Karli et moi, nos sacs sur le dos, les suivions d'un pas lourd dans la neige, prenant le raccourci vers l'école. En nous voyant, des dizaines de camarades de classe nous rejoignirent dans le parc, formant un joyeux cortège. Ils posaient tous un tas de questions, et étaient surexcités.

Quand nos chemins se séparèrent, je restai avec Karli et nos copains à regarder

mutti et Marlène s'éloigner entre les arbres en direction du zoo, puis je redescendis la colline en courant avec eux vers l'école. Ce jour-là, en classe, personne ne parla de l'Armée rouge, ni de la guerre. Nous avions tous un autre sujet de conversation. Marlène, nous le découvrîmes bientôt, nous avait rendus célèbres en une nuit, Karli et moi. Je me rappelle le sentiment d'importance que me donnait le fait d'être entourée d'une foule d'admirateurs. Ce n'était pas un sentiment que j'avais souvent eu l'occasion d'éprouver jusque-là, et ça me plaisait beaucoup. Je vis aussi, à la récréation, que Karli appréciait autant que moi d'avoir la vedette. Bien qu'avec son jonglage et ses tours d'adresse, il ait été plus habitué que moi à se trouver au centre de l'attention. Personne ne l'appelait plus « Jambe de bois », remarquai-je. Il était devenu « le garçon à l'éléphant », et c'était bien pour lui. Ce soir-là, en rentrant tous les deux, rien n'aurait pu nous empêcher de nous lancer des boules de neige, de faire les fous, et de rire tout au long du chemin.

2

Un policier, l'air sérieusement préoccupé, vint chez nous plus tard, ce même soir, pour interroger mutti sur l'éléphant que nous gardions dans notre jardin. Mais mutti s'attendait à ce genre de visite des autorités, et elle avait pensé à tout. Elle lui lut à haute voix la lettre du *Herr Direktor* du zoo, dans laquelle celui-ci l'autorisait à garder Marlène, en précisant qu'il s'agissait d'une jeune éléphante qui n'avait que quatre ans, qui venait de perdre sa mère, et qui avait donc besoin d'attentions, de soins particuliers. Il ajoutait que c'était une éléphante exceptionnellement calme, et tellement inoffensive qu'elle pouvait rester sous la surveillance de mutti pendant la nuit. Le directeur du zoo concluait qu'il avait inspecté personnellement le jardin, et qu'il n'y avait aucun danger d'aucune sorte pour la population. Le policier demanda à lire la lettre lui-même, et même après l'avoir parcourue, il voulut vérifier que le jardin où Marlène était gardée était un endroit sûr. Il fallut donc sortir avec lui pour lui montrer les lieux. C'est Karli qui indiqua le chemin.

Marlène était à l'abri dans la remise. Le policier ne tenait pas à s'en approcher de trop près, je le voyais bien. Il traversa le jardin et secoua la grille pour s'assurer qu'elle était bien fermée. Lorsqu'il se retourna, il se retrouva face à face avec Marlène. Elle était venue se présenter, et faire connaissance à sa façon, en tendant sa trompe pour lui toucher le visage. Il sembla alors très inquiet, mais lorsque, quelques instants plus tard, la trompe de Marlène fit voler sa casquette par terre, déclenchant nos éclats de rire, il ne put que se joindre à nous.

Ensuite, il s'en alla, l'air satisfait. Nous l'étions autant que lui, et soulagés que Marlène soit maintenant officiellement autorisée à rester. Karli, en particulier, ne pouvait plus s'arrêter de rire en repensant au moment où Marlène avait fait tomber la casquette du policier. Plus tard, cela devint l'une de ces histoires de famille que nous racontions souvent à tour de rôle, mais c'était Karli qui le faisait le mieux, car il mimait merveilleusement bien l'air choqué du policier.

Après ce premier jour, comme mutti

ramenait Marlène chaque soir à la maison, chacun voulut venir voir l'éléphante orpheline dans le jardin. Tous nos amis aussi voulaient soudain nous rendre visite – certains d'entre eux, d'ailleurs, étaient des amis dont nous ignorions totalement l'existence jusqu'alors. Des visages curieux épiaient sans arrêt à travers les barreaux de la grille du jardin. Marlène était ravie d'être l'objet de cette adoration, et Karli aussi – il était toujours dehors avec elle, voulant être absolument sûr que tout le monde sache que c'était son éléphante à lui. Marlène appréciait particulièrement que les gens lui offrent des friandises. Elle ne refusait jamais rien : des croûtons de pain rassis, des feuilles de chou, parfois même une pomme ou un petit gâteau, mais je crois qu'elle espérait toujours avoir des pommes de terre – c'était une vraie passion, comme disait mutti. Aussi, n'importe qui pouvait se montrer à la porte, Marlène s'approchait d'un pas nonchalant, accompagnée de Karli, toujours prête à accepter ce qu'on voulait bien lui offrir.

Cela finit par poser un problème, un gros problème, en réalité – en dehors du fait que notre maison semblait ouverte à tout le voisinage : très rapidement d'énormes tas de bouse d'éléphant apparurent dans la neige partout dans le jardin, comme des taupinières géantes.

– C'est excellent pour les légumes du potager, déclara mutti.

Il fallut ramasser la bouse, la mettre dans une charrette, et l'entasser dans un coin du jardin. Karli paraissait ravi de le faire – il adorait tout ce qui touchait à Marlène –

mais moi, je détestais ça. Vous ne pouvez pas imaginer combien il y en avait, et comme ça sentait mauvais. Il n'était pas facile, découvris-je alors, de pousser une brouette et de se boucher le nez en même temps !

J'attendis quelques jours encore avant de rassembler mon courage et d'aller dans le jardin voir Marlène toute seule. Elle sortit de la remise et vint à ma rencontre, se dirigeant lentement vers moi, reniflant la neige avec sa trompe. Elle eut un grondement de satisfaction, en me voyant, un grondement qui venait du fond d'elle-même et résonnait à l'intérieur de son corps, puis elle explora mes cheveux, mon visage, du bout de sa trompe – c'était sa façon de dire bonjour. Lorsque je tendis la main pour lui caresser l'oreille, je pense qu'elle crut que je lui avais apporté une pomme de terre. Ce que j'aurais fait volontiers, si j'y avais pensé. Mais elle ne sembla pas trop déçue. Ce sont nos yeux qui firent la plus grande partie de la conversation, je m'en souviens. Nous restions là, tandis que la neige tombait autour de nous, chacune de nous sachant, j'en suis sûre, que nous étions en train de devenir amies pour la vie. Je sentais dans son regard la profondeur du chagrin qu'elle éprouvait encore après la mort de sa mère. Et sans que je lui en aie jamais parlé, je savais qu'elle comprenait mes propres peurs, au sujet de papi, des bombardiers qui pouvaient arriver à tout moment, de la guerre.

Marlène acceptait les choses, elle était d'une patience à toute épreuve. Je ne l'ai jamais vue irritée ou en colère, enfin… jusqu'au jour où le chien est venu. C'était un gros chien, un chien bruyant – un berger allemand, je crois, mais je n'en suis pas sûre. Il apparaissait soudain à la porte du jardin, se mettait à aboyer contre elle, tout son corps tremblant de fureur. Il revenait sans cesse et, chaque fois, Marlène allait vers lui, traversant le jardin à toute allure, barrissant, remuant ses oreilles, les faisant claquer, ce qui ne servait qu'à exciter le chien davantage. Nous essayions de l'éloigner, en faisant passer bruyamment un bâton sur les barreaux de la grille, en lui criant de s'en aller – Karli lui jeta même un peu de bouse, une fois – mais rien n'y faisait. Tôt ou tard ce maudit chien revenait.

Puis un soir, le propriétaire du chien vint, lui aussi, son chien aboyant de nouveau comme un fou. Nous entendîmes que Marlène était de nouveau dans tous ses états, et que Karli, qui était dehors avec elle, lui criait de ficher le camp. Mutti sortit donc précipitamment dans le jardin, et je la suivis. Elle dit à l'homme qu'elle en avait plus qu'assez, que son chien était incontrôlable, et qu'il effrayait l'éléphante. Ils se disputèrent violemment, chacun d'un côté de la grille, et l'homme s'en alla en jurant, en montrant le poing, en nous criant que le parc était un espace public, que son chien

avait bien le droit d'aboyer et que, de toute façon, les éléphants devaient être gardés dans les zoos.

Mutti, indignée, pesta contre lui toute la soirée. Pendant et après le dîner, elle se levait toutes les cinq minutes pour regarder Marlène par la fenêtre, inquiète de savoir comment elle allait. Il était évident qu'elle se faisait de plus en plus de souci à son sujet. À la fin, elle sortit la voir dans le jardin.

– Elle va et vient sans arrêt, dit-elle en rentrant. C'est comme ça qu'elle réagit dans sa cage, au zoo, chaque fois que quelque chose la rend malheureuse. Cet horrible chien l'a terriblement perturbée. Je vais l'emmener faire un tour. D'habitude, c'est le meilleur moyen de la calmer. Je pense que ça lui fera du bien. La lune est pleine, c'est joli, dehors. Vous voulez venir avec nous, les enfants ?

À vrai dire, je n'en avais pas envie. Il faisait chaud là où j'étais, et l'idée de ressortir dans le froid ne me tentait vraiment pas. Mais Karli, bien sûr, n'avait pas besoin qu'on le lui propose. Il avait déjà mis ses bottes, et enfilait son manteau.

– Est-ce que je peux la tenir par la trompe, mutti ? cria-t-il. Elle aime bien que ce soit moi qui la tienne.

Ils étaient déjà sur le seuil.

Je les accompagnai uniquement parce que je ne voulais pas rester toute seule. Je ne pus m'empêcher de râler, je m'en souviens.

– Est-ce donc vraiment indispensable ? marmonnai-je.

Mais personne ne m'écoutait. Je pris mes affaires les plus chaudes. J'enfonçai mon bonnet sur mes oreilles, m'enveloppai dans mon écharpe, puis attrapai Karli au moment où il allait refermer la porte derrière lui, et lui mis à lui aussi son écharpe et son bonnet, car il ne s'était pas soucié de les prendre. Il détestait que j'aie ce genre d'attentions pour lui. Il ne pensait qu'à sortir le plus vite possible et à retrouver Marlène.

Quelques instants plus tard, nous franchissions la grille et entrions dans le parc. La neige scintillait au clair de lune, le monde autour de nous était paisible et silencieux. Karli menait Marlène par sa trompe, l'incitant à avancer par de petits claquements de langue, exactement comme il le faisait avant avec Tomi, quand nous étions à la ferme d'oncle Manfred. Je remarquai de nouveau quelque chose que j'avais déjà noté auparavant : lorsque Karli était très heureux, il boitait beaucoup moins. Là, il avançait d'un pas lourd devant nous dans la neige avec Marlène, et ne boitait pratiquement plus.

Mutti me prit par le bras, tandis que nous marchions.

– Quel que soit l'endroit où papi se trouve, c'est la même lune pour lui aussi, Elizabeth, me dit-elle. Peut-être qu'il est en train de la regarder, en ce moment précis, comme nous.

C'est alors que le chien sortit de sous les arbres et bondit dans notre direction, en aboyant sauvagement. Je vis immédiatement que c'était le même berger allemand qui avait harcelé Marlène. Mutti courut vers lui, en tapant des mains et en lui criant de partir, mais le chien ne se laissa pas impressionner, il refusa de reculer, il refusa de s'en aller. Il se mit au contraire à tourner en rond derrière Marlène, en grondant rageusement et en grognant. Marlène fit

alors demi-tour pour se placer face à lui, envoyant Karli valser dans la neige. Je courus aussitôt vers lui, et l'aidai à se relever. Le temps que je regarde de nouveau ce qui se passait, Marlène chargeait le chien dans la neige, le pourchassait en barrissant, sa trompe battant l'air, les oreilles largement déployées. Mutti trébuchait derrière elle, lui criait de s'arrêter. Mais je compris qu'elle ne s'arrêterait plus tant qu'elle n'aurait pas chassé ce chien au loin, hors de sa vue, ou qu'elle ne l'aurait pas piétiné à mort.

3

Je pris Karli par la main et nous suivîmes tous deux mutti, en courant dans la neige derrière Marlène. Mais la neige était profonde, la fatigue nous envahit très vite, et nous en fûmes rapidement réduits à marcher. Devant nous, la poursuite continuait. Le chien avait beau essayer de lui échapper en bondissant dans la neige, Marlène restait à ses trousses. Pendant tout ce temps, ses barrissements résonnaient à travers le parc, retentissant à présent avec une force incroyable à mes oreilles, jusqu'à ce que je commence à me rendre compte que ce n'était plus du tout les barrissements de Marlène que j'entendais, mais le hurlement dans toute la ville des sirènes signalant l'imminence d'un raid aérien. Je m'arrêtai pour écouter, pour m'assurer que mes oreilles n'étaient pas en train de me jouer un tour.

Karli me prit par le bras.

– Un raid aérien ! s'écria-t-il. Un raid aérien !

Je n'eus plus qu'une idée, alors : arriver le plus vite possible jusqu'à un abri, comme on nous l'avait recommandé. Devant nous, mutti restait figée sur place, elle aussi. Elle criait de toutes ses forces à Marlène de revenir. Elle appelait et appelait encore, mais Marlène continuait de s'éloigner. Elle était quasiment hors de vue, à présent, derrière les arbres, quand mutti revint en marchant péniblement vers nous.

– Il n'y a plus rien à faire pour le moment, les enfants, dit-elle. Nous la retrouverons plus tard. Il faut rentrer, aller jusqu'à l'abri. Venez vite !

Elle prit Karli par la main.

– Non ! s'écria-t-il, en la repoussant et en faisant demi-tour, pour courir dans l'autre sens. Non ! On ne peut pas faire ça ! On ne peut pas l'abandonner ! Il faut la rattraper ! Je vais la rattraper. Rentrez à la maison si vous voulez. Mais sans moi.

– Karli ! Karli ! Ne fais pas l'idiot ! Tu viens immédiatement, tu as compris ? lui cria mutti, qui hurlait presque.

Je voyais bien, cependant, que c'était inutile, que Karli ne céderait pas. Je me mis alors à le suivre en courant, et mutti aussi.

Mais il était déjà assez loin devant nous, et Marlène n'était plus qu'une ombre vague qui se déplaçait si rapidement derrière les arbres, que je la perdis bientôt complètement de vue. Nous avions presque rattrapé Karli, lorsqu'il trébucha – ce n'était pas la première fois – et tomba à genoux, épuisé. J'aidai mutti à le relever, à essayer de le convaincre par tous les moyens qu'il fallait revenir jusqu'à l'abri. Il continuait de protester, de résister, de se débattre, lorsque nous entendîmes le bruit que nous redoutions depuis si longtemps.

Les bombardiers.

Les bombardiers arrivaient. Au début, on aurait dit un lointain bourdonnement, qui se transforma bientôt en vrombissement, comme un essaim d'abeilles, un essaim qui approcherait toujours, de plus en plus près.

Nous levâmes les yeux. Nous ne voyions pas d'avions. Nous ne pouvions pas savoir de quel côté ils venaient, car ils semblaient être tout autour de nous, mais invisibles. Puis, en un rien de temps, le ciel au-dessus de nous fut rempli d'un rugissement tonitruant, si fort que j'eus l'impression que mes oreilles allaient éclater. Karli, les mains sur ses oreilles, criait. Alors, les bombes se mirent à tomber, derrière nous, sur la ville, tout au bout du parc, sur l'endroit d'où nous venions, sur notre rue, sur notre maison. Le monde entier était ébranlé et secoué à chaque explosion. C'était comme la fin du monde, pour moi.

Nous n'avions plus le choix, à présent. Nous comprîmes tous en même temps qu'il ne pouvait plus y avoir de retour en arrière. Mutti prit Karli dans ses bras. Il se cramponna à elle, enfouit sa tête dans le cou de mutti, et éclata en sanglots en appelant Marlène. Alors, on se mit à courir, courir, courir. Nous ne connaissions plus la fatigue. La peur, seule, continuait de nous faire avancer. Je levai les yeux encore une fois, et vis les avions voler devant la lune. Il y en avait des centaines. Les bombes tombaient partout sur Dresde, à présent. Nous entendions leur sifflement strident pendant qu'elles descendaient, leur éclatement, leur déflagration, nous voyions l'éclair des explosions, et les feux qui faisaient rage partout.

Il n'y avait plus de discussion, ni à propos de Marlène, qui avait disparu dans la nuit, ni à propos d'un éventuel retour à la maison, vers l'abri. Pour Marlène, nous ne pouvions plus rien faire, et il était évident que, s'il restait un moyen d'échapper aux bombes, ce serait dans la campagne qui s'ouvrait devant nous, au-delà des faubourgs, et non pas en revenant dans un abri situé en plein cœur de la ville en flammes.

C'était la ville qui était bombardée, et non pas la campagne. Il fallait continuer d'avancer, pensai-je, il n'y avait pas d'autre possibilité. Nous sortirions bientôt du parc, puis nous arriverions à la périphérie de la ville, nous rapprochant de plus en plus de la sécurité qu'offraient les champs et les bois.

Malgré tous nos efforts pour éviter de ralentir, nous devions quand même nous arrêter de temps en temps pour reprendre notre souffle. Pendant ces courtes pauses, nous restions là, à regarder la ville derrière nous. C'était notre ville, notre ville qu'on détruisait sous nos yeux. Des projecteurs balayaient le ciel. La défense antiaérienne, la D.C.A., tirait, tirait sans cesse, ripostant avec un bruit sourd. Mais les avions continuaient d'arriver, les bombes explosaient de plus en plus près, de plus en plus fort, rugissant à nos oreilles. Les flammes qui s'élevaient des maisons et des usines incendiées montaient haut dans le ciel, bondissant d'un immeuble à l'autre, d'une rue à l'autre, d'un feu à l'autre, chaque feu, me semblait-il, cherchant à rejoindre un autre feu, pour former un immense brasier, et pouvoir brûler plus furieusement.

Chaque fois, nous nous détournions et reprenions notre course, d'une part parce que la chaleur était trop intense, et de l'autre parce que nous ne supportions pas de voir ça plus longtemps. Nous étions sortis du parc, à présent, et avancions sur une route qui traversait les faubourgs. Un vent soudain se levait, un vent fort, violent, qui soufflait en rafales et nous giflait le visage tandis que nous marchions. Courbés dans le vent, nous avancions en titubant dans la neige.

Nous suivîmes la route abrupte qui montait jusqu'au sommet d'une colline. Mutti ne pouvait plus porter Karli plus loin. Il fallait qu'elle s'arrête. Nous nous retrouvâmes à genoux dans la neige, regardant du côté de la ville, vers le cercle de feu qui l'emprisonnait désormais entièrement. Agenouillés là, nous entendîmes très distinctement des coups de feu malgré le vrombissement incessant des bombardiers. Et nous entendîmes crier. Un coup d'œil au visage horrifié de mutti suffit à me faire comprendre la nature de ces cris : c'étaient des hurlements d'animaux, d'animaux en train de mourir, et ça venait du quartier du zoo. On était en train de tuer les animaux. Mutti mit ses mains sur les oreilles de Karli, et le serra contre elle. Elle se mit alors à pleurer, sans pouvoir se maîtriser, autant de colère que de chagrin, je crois. Nous l'entourâmes de nos bras, Karli et moi, essayant de la consoler du mieux que nous pouvions. Nous restâmes agenouillés là, le vent chaud nous brûlant le visage, tandis que les coups de feu continuaient, que les bombes tombaient, et que la ville flambait.

Finalement, ce ne fut pas moi qui réussis à la consoler, ni Karli, non plus. Ce fut le bruit d'une respiration tout près et, soudain, miraculeusement, la trompe de Marlène qui s'enroulait autour de nous, et nous enveloppait. C'est un moment que je n'oublierai jamais. Je nous revois éclater de rire tous les trois, éclater de rire entre nos larmes. Nous avions cherché Marlène, nous l'avions perdue, et maintenant elle nous avait retrouvés. Nous nous relevâmes aussitôt, fous de joie. Karli embrassait sans arrêt sa trompe, mutti lui caressait l'oreille, tout en lui reprochant d'être partie en courant comme elle l'avait fait. Je levai les yeux vers Marlène, et vis les feux de la ville brûler dans ses yeux inquiets. Elle savait ce qui se passait, elle comprenait tout. J'en étais sûre.

Je pense que c'est cette réapparition inattendue de Marlène qui nous donna un regain d'espoir à tous, de nouvelles forces, surtout à mutti.

– Eh bien, les enfants, dit-elle, en brossant du revers de la main la neige de son manteau,

nous n'avons plus de maison où revenir, et il ne doit pas rester grand-chose de la ville. Alors, j'ai réfléchi. Il n'y a plus qu'un seul endroit où nous puissions aller. Nous nous rendrons à la ferme, chez oncle Manfred et tante Lotti. C'est un long, long chemin à pied, mais nous ne pouvons nous réfugier nulle part ailleurs.

– Pourtant, vous nous aviez dit, papi et

toi, que nous ne pourrions plus jamais retourner à la ferme, après…

– Je sais, me répondit mutti. Mais nous n'avons pas le choix, n'est-ce pas ? Nous allons avoir besoin de nourriture, d'un abri. Ils s'occuperont de nous, je le sais. Nous avons eu une querelle familiale, rien de plus. Je suis sûre que tout est oublié à présent, que c'est de l'histoire ancienne. Quand nous arriverons là-bas, ils nous accueilleront à bras ouverts. Tout ira bien, je vous le promets. Vous verrez.

– Elizabeth, dit Karl, en glissant sa main dans la mienne, Elizabeth, pourquoi est-ce qu'ils font quelque chose d'aussi horrible ? Pourquoi est-ce que les bombardiers sont venus ?

– Parce que nous sommes leurs ennemis, parce qu'ils nous détestent, répondis-je. Et parce que ce sont des brutes. Pour faire ça, il faut que ce soient des brutes, ces Américains, ces Britanniques, tous ces gens.

– Pourquoi est-ce qu'ils nous détestent ? me demanda-t-il.

Mutti répondit alors pour moi, à mon grand soulagement, car je ne savais pas quoi lui dire.

– S'ils nous détestent, Karli, c'est parce

que nous avons bombardé leurs villes, nous aussi. Ce que nous voyons en ce moment, c'est un monde qui est devenu fou, un monde plein de brutes qui ne pensent qu'à se tuer les unes les autres. Il ne faut pas oublier non plus que nous sommes tous responsables d'avoir provoqué ça, d'avoir laissé faire.

Lorsque nous voulûmes reprendre notre chemin, nous éloigner de Dresde, il nous fallut nous cramponner les uns aux autres, nous arc-bouter contre les terribles rafales de vent qui nous repoussaient de nouveau vers la ville, vers le feu. Je me rappelle Karli levant les yeux vers moi, et montrant les arbres du doigt.

– Les arbres du jardin tremblent, Elizabeth, dit-il. Je pense qu'ils ont peur du vent. Ils voudraient courir au loin comme nous, mais ils ne le peuvent pas. Pourquoi le vent souffle-t-il si fort ? Pourquoi est-il tellement en colère ?

Même mutti ne sut que répondre à cela. Karli se mit alors à pleurer, il pleurait pour notre maison brûlée, et peut-être aussi pour les arbres que nous laissions derrière nous et qui ne pouvaient s'enfuir.

C'est ainsi que commença notre longue

marche dans la neige, sur une route qui devint rapidement encombrée de dizaines, de centaines, puis de milliers d'autres gens comme nous, qui sortaient à flots de Dresde, pressés de laisser la ville derrière eux. Lorsque je me retournais – et je m'efforçais de ne pas le faire –, Dresde n'était plus une ville. Elle me semblait plutôt être un immense brasier, où le feu mettait le feu au

feu, un feu attisé par un vent puissant émanant du brasier même, qui souffletait nos visages, faisait tout ce qu'il pouvait pour nous empêcher de fuir, tout ce qu'il pouvait pour nous aspirer et nous retenir dans la ville en flammes. Une odeur de fumée fétide, suffocante, se répandait tout autour de nous. Karli avait du mal à respirer, il devait souvent s'arrêter pour tousser, et chasser la fumée de ses poumons.

Nous craignions, mutti et moi, qu'il ait une de ses crises d'asthme, mais heureusement, il n'en eut pas. Et les avions continuaient d'arriver. Ils continuaient de lâcher leurs bombes.

Ce fut la nuit la plus longue de ma vie. Je n'avais encore jamais assisté à tant de misère humaine, sur une telle échelle. Ce sont les bruits d'un peuple au désespoir que je n'oublierai jamais : les gémissements, les sanglots, les cris et les prières. Comme nous voulions tous sortir vite de la ville, cette nuit-là, et comme nous avancions lentement ! Nous nous traînions dans le froid et dans l'obscurité, la plupart d'entre nous à pied, mais beaucoup à bicyclette, en voiture, en camion, dans des charrettes de ferme, chacun bousculant l'autre pour avancer, pour aller un tout petit peu plus vite. Tant de gens cherchaient désespérément un être cher qu'ils avaient perdu, tant d'autres, enveloppés dans des bandages, pleuraient de douleur !

On aurait cru un voyage en enfer, et il semblait ne jamais devoir finir. Seuls les convois militaires et les ambulances parvenaient à se frayer un passage à coups de klaxon, en nous faisant signe de nous écarter, de nous mettre sur les bas-côtés. Nous aspirions de toutes nos forces à sortir des faubourgs en flammes, et à atteindre enfin l'obscurité de la campagne. Tout le monde savait, sur la route, que le salut était dans l'obscurité. Je crois que c'était la seule chose qui nous permettait de continuer d'avancer.

Il nous fallut marcher péniblement toute la nuit mais, au fur et à mesure que les heures passaient, la route était plus encombrée – en majorité par des réfugiés à pied comme nous, mais aussi, semblait-il, par un nombre grandissant de gens qui poussaient des charrettes chargées de personnes âgées ou d'enfants, leurs affaires entassées autour d'eux. Lorsque le grondement des bombes s'évanouit enfin, l'air était rempli de plaintes. C'était comme si le monde entier était en deuil. Aux premières lueurs de l'aube, on entendait le bruit lourd des pas, le grincement des roues de charrettes, et parfois le hennissement d'un cheval. En tournant la tête et en regardant derrière moi, du haut d'une colline, j'eus l'impression de voir un gigantesque cortège funèbre.

Tout le monde allait pratiquement dans la même direction. Mais à l'aube, plusieurs convois de camions rugissants, remplis de soldats, arrivèrent dans l'autre sens, en direction de la ville, précédés de motocyclistes qui nous faisaient signe de nous rabattre sur les bas-côtés de la route. Ils furent les premiers à s'apercevoir de la présence de Marlène, certains d'entre eux nous montrèrent du doigt, et nous regardèrent d'un air ébahi en passant près de nous. Nos compagnons d'exode, eux, devaient être trop hébétés, trop traumatisés, ou simplement trop fatigués, pour prêter beaucoup d'attention à ce jeune éléphant qui marchait à côté d'eux. Quelques enfants manifestaient leur curiosité, mais tous, y compris les plus jeunes, étaient abattus. Aucun d'eux ne souriait, ne montrait d'excitation, ils n'exprimaient qu'un étonnement morne.

Je n'ai aucune idée de la distance que nous avons parcourue ce premier jour de notre longue marche – probablement quelques kilomètres seulement, mais nous avions l'impression d'en avoir fait des centaines. Nous n'avions pas de nourriture, pas d'eau, la seule chose que nous pouvions avaler, c'était un peu de neige que nous prenions au bord de la route. Et nous avancions péniblement, lentement. Nous faisions simplement partie d'une file interminable et misérable de réfugiés, qui s'étendait à perte de vue sur la route aussi bien devant nous que derrière nous. Parfois, les encombrements étaient tels que nous ne pouvions pratiquement plus bouger. C'étaient les pires moments. Il nous semblait que nous n'arriverions jamais nulle part. Des disputes éclataient. Les nerfs craquaient.

Karli, cependant, semblait très heureux de marcher à côté de Marlène, de la tenir par la trompe, et de lui parler tout le temps. Il ne se plaignit pas une seule fois, ni de sa jambe, ni de ses difficultés à respirer, ni du froid. J'aurais aimé pouvoir en dire autant de moi. J'avais horriblement mal aux pieds, mes oreilles étaient douloureuses à cause du froid, et j'étais affamée, je ne pensais plus qu'à manger quelque chose, n'importe quoi. Lorsque j'en parlais à mutti, ce dont je ne me privais pas, elle se contentait de passer son bras autour de mes épaules, et de me répondre avec un sourire de reproche et un haussement d'épaules :

– Moi aussi, Elizabeth, moi aussi.

Ça ne m'aidait pas, ça ne m'apportait aucun réconfort.

À un moment, au cours de l'après-midi de ce même jour – nous avancions le long d'une route qui traversait une forêt de pins, je m'en souviens, et nous progressions plus lentement que jamais – mutti prit soudain Marlène par une oreille et, sans prévenir aucun d'entre nous, elle nous emmena sur un chemin forestier qui s'écartait de la route. Marcher était encore plus difficile, sur ce sentier, la progression plus ardue, la neige plus profonde, mais au moins nous ne nous traînions pas péniblement au milieu de centaines d'autres personnes, avec l'impression d'être retenus là pour toujours. Karli n'arrêtait pas de lui demander pourquoi nous avions pris ce chemin. Moi aussi, mais mutti ne nous répondait pas.

– Continuez simplement de marcher, nous disait-elle.

Quelques autres réfugiés, restés sur la route principale, nous criaient de revenir, nous avertissant que nous risquions de nous perdre dans la forêt. Mutti ne faisait pas attention à eux, et continuait d'avancer sans répondre, sans jamais se retourner.

– Je ne veux pas que certains d'entre eux nous suivent, dit-elle. Nous sommes mieux tout seuls.

Au bout d'un moment, lorsque nous fûmes hors de vue des gens qui marchaient sur la route, elle s'arrêta, et nous expliqua ce qu'elle avait en tête :

– Papi et moi, quand nous étions jeunes, avant votre naissance à tous les deux, les enfants, nous allions souvent de la ville jusqu'à la ferme d'oncle Manfred à bicyclette. C'était un long trajet, quand on suivait la route principale. Mais papi, qui s'y connaissait bien en cartes, a découvert ce raccourci. À partir du jour où il l'a trouvé, nous avons toujours emprunté ce chemin-là. À vélo, ça nous prenait une journée entière en pédalant dur. À pied, je pense qu'on doit pouvoir le parcourir en deux jours, il faut simplement éviter de s'arrêter. Nous aurons trop froid, sinon. La bonne nouvelle, les enfants, c'est qu'il y a un torrent à deux heures d'ici environ, près duquel papi et moi faisions toujours une pause pour pique-niquer. Aujourd'hui, nous n'aurons peut-être pas de sandwiches, mais nous pourrons boire toute l'eau que nous voudrons. Nous n'aurons qu'à imaginer le pique-nique, c'est tout. Et peut-être que nous trouverons une maison quelque part, que nous pourrons demander quelque chose à manger, on ne sait jamais. Une chose est sûre, nous n'aurions jamais trouvé la moindre nourriture ni la moindre goutte d'eau là-bas, sur la route. Sans compter qu'au rythme où nous allions, il nous aurait fallu une éternité pour arriver à la ferme. Ce sera peut-être un peu dur d'avancer, les enfants, mais nous y arriverons. Il faut bien, non ? Et une fois que nous serons à la ferme, nous serons bien au chaud, nous aurons autant de nourriture que nous pourrons en manger. Vous vous rappelez tous les plats que prépare tante Lotti quand on va à la ferme ? Il y aura du foin dans la grange pour Marlène. Tous nos ennuis seront finis, vous verrez.

La perspective de boire de l'eau, ainsi que l'espoir de manger quelque chose, dut redonner de la force à mes jambes endolories. Je marchai à grands pas sur le chemin couvert de neige. J'entendis le torrent avant de le voir, un grand torrent impétueux qui descendait à flanc de colline en tourbillonnant, et tombait dans un bassin d'eau claire. Je vis que l'eau avait gelé par endroits. Elle était glacée, bien sûr, mais ça nous était bien égal. Marlène entra dans le bassin, et but là avec nous, éclaboussant ce qui était autour d'elle avec sa trompe, profitant de chaque moment, comme nous.

Là, pour la première fois, il nous fut enfin possible d'oublier quelques instants tout ce qui s'était passé. Mais dès que nous eûmes repris notre chemin à travers la forêt, chacun redevint silencieux et pensif. Aucun de nous, je pense, ne pouvait oublier la ville en feu que nous avions laissée derrière nous, la souffrance que nous avions vue au cours de cette longue marche. Et nous sentions toujours la fumée – elle semblait s'accrocher aux arbres qui nous entouraient, s'étaler autour de nous comme une brume jaune.

Karli était essoufflé à présent, il trébuchait sans cesse, avait une respiration sifflante et toussait presque tout le temps. Nous étions de plus en plus inquiètes pour lui. Je dis à Karli que je voulais bien le porter, et mutti aussi le lui proposa, mais il ne voulut rien entendre. Il insista pour rester avec Marlène, continuer de marcher à côté d'elle en la tenant par la trompe, et il était impossible de discuter avec lui. Mais tandis que nous marchions l'une près de l'autre derrière lui, nous voyions bien qu'il avait de plus en plus de mal à respirer.

J'eus alors une idée, dont je suis encore fière aujourd'hui, après toutes ces années.

– Quand j'étais petite, avant la guerre, dis-je, je suis allée me promener à dos d'éléphant au zoo, tu te rappelles, mutti ? C'est toi qui m'y avais emmenée, avant que tu travailles là-bas. Karli pourrait peut-être monter sur Marlène, tu ne crois pas ? Pourquoi ne pas tenter le coup ?

– J'y ai pensé, mais ça ne marche pas, répondit-elle. Pour les promenades, ils prenaient de vieux éléphants qui étaient entraînés spécialement pour ça. Marlène est encore trop jeune. Et elle n'a jamais porté personne sur son dos. Je n'ai aucune idée de la façon dont elle réagirait.

– Ça vaut sûrement la peine d'essayer, répliquai-je. Karli ne peut pas continuer à avancer dans cet état.

– Tu as peut-être raison. Marlène a ça dans le sang, c'est sûr, admit mutti. Je veux dire qu'au zoo, pendant des années, jusqu'à ce qu'elle tombe malade, sa mère promenait les gens sur son dos.

Quelques instants plus tard – et, comme vous pouvez l'imaginer, il ne fit aucune objection –, nous soulevions Karli pour l'installer à califourchon sur le cou de Marlène. Au plus grand soulagement de mutti, et au mien, cela ne sembla pas déranger Marlène le moins du monde. Elle battit simplement un peu des oreilles, et grogna de satisfaction. Maintenant que Karli était sur le dos de Marlène – et rien ne pouvait le rendre plus heureux –, sa respiration

devint moins sifflante. Quant à l'éléphante, elle marchait lourdement dans la neige, comme si elle avait promené des gens sur son dos toute sa vie.

D'une certaine façon, l'eau que j'avais bue dans le torrent avait réussi à apaiser ma faim aussi bien que ma soif. Lorsque l'obscurité de la nuit tomba autour de nous, ce n'était plus tant la faim qui me tourmentait que le froid. Non seulement je ne sentais plus du tout ni mes pieds ni mes mains, mais le froid intense semblait s'infiltrer dans tout mon corps, et me pénétrer jusqu'aux os. Plusieurs fois, je demandai à mutti de s'arrêter. Je ne désirais plus qu'une chose : me blottir dans la neige et dormir pour toujours. Si j'ai trouvé la force d'aller de l'avant, cette nuit-là, ce fut uniquement grâce à ma mère. Elle passait souvent un bras autour de ma taille pour m'aider à avancer, tout en me murmurant des mots d'encouragement.

– Chaque pas que tu fais, Elizabeth, te rapproche de la ferme, te rapproche de la nourriture et d'un lit chaud, disait-elle. Souviens-toi de ça, et mets un pied devant l'autre. C'est la seule chose que tu aies à faire, et nous arriverons là où nous devons aller.

À vrai dire, je ne me rappelle plus grand-chose du reste de cette longue et terrible nuit. Je sais qu'à un moment, nous eûmes l'impression de sortir de sous les arbres, et de nous retrouver brusquement à découvert à flanc de coteau. Là, nous entendîmes de nouveau ce bruit que nous redoutions tellement – les sirènes avertissant d'un raid aérien, un grondement au loin, puis le rugissement des bombardiers qui approchaient. En un rien de temps, ils étaient juste au-dessus de nos têtes.

– Qu'est-ce qu'ils bombardent ? s'écria mutti. Ils ne voient donc pas qu'il ne reste plus de ville à bombarder ? Ils ne bombardent plus que du feu !

Nous restions là, sur cette colline désolée, incapables de détourner les yeux de cette énorme boule de feu qui s'élevait désormais de la ville. Aucun mot ne pouvait exprimer notre horreur, aucune larme notre douleur. Même Karli était à court de questions. Bien que nous ayons été désormais à une certaine distance de la ville, je sentais, en la regardant, la chaleur de ce feu immense sur mon visage. Cette chaleur me donna des frissons, chassant un peu le froid qui me pénétrait, et je dois admettre que ce furent des frissons de pur plaisir.

Mais je fus aussitôt envahie par un sentiment de culpabilité. Il était terrible de penser qu'au moment où je me prélassais à la chaleur de cet immense incendie, plusieurs milliers de personnes devaient toujours être coincées dans la ville, dont plusieurs de mes amis d'école. J'imaginai mes amis dans leurs abris, et me demandai si aucun d'eux pourrait jamais survivre à un tel brasier. Mutti me détourna de mes pensées.

– C'est la dernière fois que nous regardons derrière nous, Elizabeth, me dit-elle. À partir de maintenant, nous regarderons uniquement devant.

Nous avons donc laissé la ville brûler, et avons repris notre chemin.

Il y eut encore un incident, cette nuit-là, dont je me souviens, et dont j'ai honte de vous parler. Mais je vais vous le raconter, car je veux que vous sachiez ce qui s'est réellement passé, et pas ce que j'aurais voulu qu'il arrive. J'avais beau supplier fréquemment mutti de s'arrêter, et de nous permettre de nous reposer, elle ne m'écoutait pas. Plus elle refusait, plus je devenais désagréable. À la fin, elle perdit patience, et se tourna vers moi.

– Qu'est-ce que tu veux, Elizabeth ? cria-t-elle. Tu veux mourir de froid ici, dans la neige ? C'est ça ? La ferme n'est plus qu'à quelques heures, à une douzaine de kilomètres, peut-être moins. Maintenant, ressaisis-toi, et marche !

J'étais furieuse contre elle, presque hystérique, et je lui lançai toutes sortes de choses que je n'aurais pas dû lui dire, sur papi qui était parti et nous avait abandonnés, sur les parents qui détruisent toujours la vie de leurs enfants. Elle me prit alors dans ses bras, me serrant contre elle pour me libérer de ma colère, me disant à quel point mon père m'aimait, et comme elle m'aimait, elle aussi, ajoutant que nous devions survivre pour être là lorsque papi reviendrait à la maison. Karli, je m'en souviens, toujours perché sur Marlène, nous regardait d'un air ébahi.

Ainsi, tandis que les bombes tombaient, détruisant Dresde, nous continuions à nous en éloigner, marchant encore et encore, n'ayant plus la force de nous disputer, ni même de parler. Le lendemain matin à l'aube, une aube d'un gris rosé, à la lumière douce qui éclairait peu à peu la neige, nous descendîmes des collines jusque dans la vallée, cette vallée que nous connaissions bien, que nous aimions tant. Et là, en dessous de nous, nous vîmes la ferme où vivaient oncle Manfred et tante Lotti, la maison familière entourée de granges, de dépendances, puis un peu plus loin, le lac, complètement gelé à cette époque de l'année, et l'îlot au milieu, notre îlot. Nous avions connu un tel désespoir, un tel chagrin pendant la nuit, qu'au matin notre joie fut d'autant plus grande.

Marlène accéléra nettement l'allure, et nous aussi, qui suivions derrière. Elle comprenait que nous touchions au but, ce qui n'était pas très surprenant, je suppose, étant donné que Karli poussait des cris, faisait de grands gestes, et que nous riions de soulagement, mutti et moi. Je remarquai à une certaine distance encore de la ferme, qu'apparemment il n'y avait pas d'animaux dehors, mais je savais que c'était tout à fait normal. Nous étions venus là assez souvent l'hiver, plusieurs fois à Noël, et je me rappelais qu'oncle Manfred gardait ses animaux à l'intérieur pendant les mois les plus froids. Cependant, l'endroit semblait étrangement abandonné.

Mutti exprima exactement ce que je ressentais :

– J'ai l'impression qu'il y a quelque chose qui ne va pas, dit-elle. Tante Lotti garde tou-

jours le poêle allumé, été comme hiver, je le sais. Je ne vois pas de fumée sortir de la cheminée.

Tandis que nous traversions les champs couverts de neige, que nous passions à côté du lac gelé, une flopée de corneilles, venant presque toutes des peupliers de l'îlot, s'envolèrent en criant et en croassant vers nous, furieuses de notre intrusion. Mais c'était

le seul signe de vie. Je courus devant les autres, et ouvris le portail de la ferme. La neige s'était amoncelée devant la porte d'entrée de la maison. Il n'y avait aucune empreinte de pas dans la cour. Je parcourus rapidement des yeux les abris des animaux : ils étaient vides. Tomi n'était pas dans son

écurie. Pas un poulet ne pépiait dans le poulailler. Mutti frappa à la porte, et appela plusieurs fois. Personne ne répondit. Personne ne vint.

Je m'éloignai des autres pour faire le tour de la maison, et aller vers la grange où nous avions joué si souvent, Karli et moi, sautant du haut de la meule jusqu'en bas, dans les tas de foin doux et odorant. Voilà à quoi je pensais, en ouvrant la porte de la grange. Il faisait sombre à l'intérieur, et j'ouvris donc en grand pour mieux voir.

Un homme était couché dans le foin, un homme en uniforme, un uniforme bleu qui ne m'était pas familier. Il paraissait profondément endormi, ou mort – je ne savais pas très bien. Tout d'un coup, mutti était là, à côté de moi, et Karli aussi. Marlène arriva derrière eux et, sans perdre de temps, elle tendit aussitôt sa trompe vers le foin, le remua, et l'enfourna dans sa bouche. Le bruit de ses mâchoires mastiquant pesamment résonnait dans le silence.

– Qui est-ce ? murmura mon frère.

– C’est un ennemi, Karli, répondit mutti. Un aviateur. Un de ceux qui ont bombardé, qui ont détruit notre ville. Britannique. RAF.

Elle tendit le bras pour attraper une fourche, l’empoigna fermement à deux mains, et s’avança lentement vers l’homme.

Troisième partie

Le cercle d'acier

1

Lizzie interrompit son récit, et se tourna vers nous.

– Je suis furieuse après moi. Je voulais prendre mon album de photos, dit-elle, mais je l'ai laissé chez moi, dans mon petit appartement, quand on m'a amenée ici. Il me manque tellement ! Je le regardais presque chaque jour, vous savez. J'aurais pu vous montrer bien des choses. Il y a une photo de nous tous à la ferme, lorsque j'étais petite, et que Karli était encore plus petit, juste un bébé dans les bras de papi, à une époque plus heureuse. J'adore cette photo. Nous nous tenons tous devant cette même grange, je monte Tomi, que mutti tient par la bride, j'ai de longues tresses, et un grand sourire édenté – il me manque les deux dents de devant. C'est oncle Manfred qui a dû prendre la photo, car il n'est pas dessus. Quant à tante Lotti, elle a l'air très sérieux,

comme toujours. Quand je regarde cette photo, je revois tout très clairement. J'ai même l'impression de respirer l'air de la campagne. J'ai une photo de Marlène, aussi, une seule, mais on voit surtout sa trompe, car elle essayait de manger l'appareil photo ! Peu importe, c'est suffisant. Parfois, je crains que tout ce qui est arrivé ne soit qu'une sorte de rêve, j'ai peur d'avoir entièrement inventé cette histoire. Mais il me suffit de regarder ces photos pour savoir que ce n'est pas le cas, que ça s'est vraiment passé. J'aurais voulu les avoir avec moi. J'aurais voulu pouvoir vous les montrer.

– Nous pouvons toujours aller les chercher, si vous voulez, proposai-je. Si vous nous faites assez confiance pour nous confier vos clés.

– Mais bien sûr, ma chère, répondit-elle.

Après tout, je vous fais bien assez confiance pour vous confier mon histoire, non ? Je ne l'ai jamais racontée à personne d'autre, vous savez. Ce serait vraiment très gentil à vous. J'ai la clé de mon appartement là, dans mon tiroir, Karli. Il faudra peut-être la remuer un peu dans la serrure, mais vous vous débrouillerez. La maison n'est pas difficile à trouver. Elle est juste après le coin en venant de Main Street, sur George Avenue. La première en arrivant. Vous montez l'escalier. Numéro deux.

Tout en parlant, elle tendait la main vers sa table de chevet, mais elle n'avait pas la force d'ouvrir le tiroir. Karl le fit donc pour elle, et fouilla à l'intérieur jusqu'à ce qu'il trouve les clés. Un petit éléphant pendait au porte-clés.

– Pour me souvenir, dit-elle en souriant.

Puis elle remarqua un autre objet dans son tiroir, et ses yeux se mirent à briller.

– Ah, ça, je ne l'oublie jamais, tu sais, Karli. Je ne vais jamais nulle part sans l'emporter. Tu peux me le passer ? Voilà ce que je voulais vous montrer, à tous les deux.

Au début, je n'avais aucune idée de ce que ça pouvait être, et d'après l'air perplexe de Karli, tandis qu'il me tendait l'objet, je vis que lui non plus. C'était un petit objet rond, en métal, de couleur noire.

– C'est très lourd, et c'est froid, dit Karl. Qu'est-ce que c'est ?

Moi, je pensais avoir reconnu un objet.

– Une boussole ? dis-je. C'est bien ça ?

Lizzie la tenait délicatement dans le creux de sa main et, pendant quelques instants, elle parut trop bouleversée pour parler.

– Vous avez tout à fait raison, ma chère,

répondit-elle enfin. C'est une boussole, pour aider à trouver son chemin. Mais ce n'est pas n'importe quelle vieille boussole. C'est la meilleure au monde, je peux vous l'assurer. Car, toute ma vie, elle m'a montré le chemin à suivre. (Elle ouvrit le couvercle et l'effleura du bout des doigts.) C'est ce jour-là que j'ai vu cette boussole pour la première fois, poursuivit-elle, le jour où nous avons trouvé un homme couché là, dans la grange…

Parfois, je pense que ma vie a commencé deux fois. Au moment de ma naissance, bien sûr, et au moment où j'ai posé les yeux sur cet homme, cet aviateur qui avait bombardé ma ville, je le savais, un bombardier, un tueur, qui avait causé tant de souffrances à tant de gens. Comme l'avait dit mutti, c'était l'ennemi, tout près de nous, en chair et en os.

Ce n'était pas le premier que je rencontrais. J'avais vu des files de prisonniers de guerre emmenés dans les rues de Dresde. Pour être franche, je n'y avais jamais prêté beaucoup d'attention. Ils n'étaient pas très différents de nos soldats, ils étaient simplement plus sales, plus tristes. Des gens leur criaient des obscénités, leur crachaient dessus, ou leur jetaient des choses à la figure, et je détournais les yeux. Ça me faisait honte. Je n'aurais jamais cru que les gens puissent être aussi furieux, aussi vindicatifs. Je n'arrivais pas à imaginer ce qui pouvait les faire agir ainsi. Mais pendant un instant, ce matin-là, en voyant cet aviateur couché dans le foin, dans la grange d'oncle Manfred, je compris exactement leurs réactions, et je le détestai, j'espérai qu'il était mort. Puis il ouvrit les yeux et me regarda, et je sus immédiatement qu'il n'était pas plus un tueur que ne l'était mon père.

Je me suis souvent demandé par la suite ce qu'il avait pu ressentir en se réveillant et en nous voyant tous les quatre, les yeux fixés sur lui, mutti pointant sa fourche contre sa poitrine, et Marlène nous dominant de toute sa hauteur, sa trompe baissée vers lui. Les yeux agrandis par l'inquiétude, il se redressa, s'assit dans le foin et leva les mains en l'air.

– Anglais ? demanda mutti.

Sa voix tremblait, plus de colère, pensai-je, que de peur.

– Non... nein, répondit-il. Canadien. Canada. Canada.

– Bombardier ? (Mutti pointait la fourche sur la gorge de l'homme, à présent.) RAF ?

Il acquiesça d'un hochement de tête.

– Angleterre, Amérique, Canada, peu importe d'où vous venez. Vous vous rendez compte de ce que vous avez fait ? Vous n'en avez pas la moindre idée, hein ? (Mutti criait, à présent, tout en pleurant de rage.) Vous avez vu la ville en feu ? Vous êtes fier de vous ? Vous savez combien de gens vous avez tués ? Mais ça vous est bien égal ! Vous n'imaginez pas comme cette ville était belle avant votre arrivée ! Vous n'en savez rien ! Je devrais vous tuer, vous tuer immédiatement !

Mutti leva sa fourche. Je crus vraiment qu'elle allait passer à l'acte.

Je la pris par le bras, et la retins.

– Tu ne peux pas faire ça, mutti ! m'écriai-je. Tu ne dois pas ! Combien de fois est-ce que je te l'ai entendu dire ? À papi, à oncle Manfred, à tante Lotti, à moi. Que tuer, c'est mal, quelle que soit la situation. C'est ce que tu nous as toujours répété. Tu te rappelles ?

Il fallut attendre un long moment avant que mutti baisse sa fourche. Alors, elle recula, et me la tendit.

– Je ne peux peut-être pas, mais j'aurais bien voulu le faire, dit-elle. Voilà l'effet que produisent les bombes. Elles font naître la haine. Je pense qu'en ce moment, je vous hais plus que je n'ai jamais haï personne de toute ma vie, ajouta-t-elle à l'attention de l'homme.

– Je vous comprends.

À notre grande surprise, l'aviateur avait parlé à mutti dans un allemand presque parfait.

– J'ai vu le feu depuis l'avion, reprit-il. Je n'en croyais pas mes yeux. Je ne m'attendais pas à ce que ce soit comme ça, à ce que la ville entière brûle. Aucun de nous ne s'y attendait.

– Ah, vraiment ? ricana mutti. Alors, dites-moi, qu'est-ce que vous imaginiez ? Que ce serait une sorte de carnaval, un feu d'artifice, peut-être ?

– Nous pensions que ce serait sans doute comme le blitz de Londres, quand la Luftwaffe est venue bombarder la ville, répondit doucement l'aviateur, sans réagir à la fureur de mutti. J'y étais. Et c'était terrible. Mais la nuit dernière, on aurait cru voir les feux de l'enfer. Voilà ce qu'on arrive à faire dans cette guerre, nous tous, vous de votre côté, nous du nôtre : on crée l'enfer sur terre, et on ne semble pas savoir comment s'arrêter. Je suis désolé. Je sais que ce n'est pas suffisant, mais c'est tout ce que je peux dire.

Personne ne parla plus pendant un certain temps, jusqu'à ce que Karli demande, rompant le silence qui s'était installé entre nous.

– Est-ce que vous pilotez vraiment un Spitfire ?

– Non, seulement un Lancaster, je le crains. Et ce n'est pas moi qui pilotais, de toute façon. Je ne suis pas pilote, je suis navigateur.

Il se mit alors à sourire, et je me rappelle avoir pensé qu'il ressemblait plus à un jeune garçon qu'à un homme.

– Et vous vous êtes dirigés sur Dresde pour pouvoir lâcher vos bombes sur des milliers d'innocents, dit mutti. Eh bien, bravo ! Comment des gens comme vous peuvent-ils dormir la nuit ? C'est ce que j'aimerais bien savoir. (Mutti regarda autour de nous, soudain inquiète.) Et les autres ? Où sont les autres membres d'équipage ? Vous êtes seul ?

– Tous morts, répondit l'aviateur. Nous avons été touchés par la défense antiaérienne au-dessus de la ville. Tous les occupants de l'avion sont morts, sauf Jimbo, le pilote, et moi. Jimbo m'a dit de sauter immédiatement. Il a dit qu'il ferait en sorte que l'avion reste le plus stable possible, puis qu'il me suivrait. Il ne m'a pas suivi. J'ai vu l'avion exploser pendant que je descendais en parachute. Il m'a sauvé la vie. Et c'est curieux, vous savez, parce que Jimbo et moi, on ne s'entendait pas, pas vraiment. Il était du genre à plaisanter sans arrêt, il pensait que tout ça, ce n'était qu'un grand jeu – la guerre, je veux dire. On avait eu de grandes discussions tous les deux. Et puis, finalement, il s'est révélé être un sacré bon copain. C'étaient tous de bons copains, et ils ont tous disparu, maintenant.

– J'espère au moins que vous ne vous attendez pas à ce que je les regrette, dit mutti, moins menaçante à son égard qu'elle ne l'avait été, mais toujours en colère. Pas après ce qu'ils ont fait, après ce que vous avez fait. Et où avez-vous appris l'allemand ?

– Ma mère est suisse, répondit l'aviateur, et mon père canadien. J'ai donc grandi en parlant allemand et anglais.

Rien de tout cela n'intéressait Karli. Il avait ses propres questions à poser, et il en avait beaucoup. Mutti essaya de l'empêcher de continuer à parler à l'aviateur, mais Karli l'ignora. Il voulait connaître son nom.

– Peter, dit l'aviateur. Peter Kamm.

Karli voulait savoir quel âge il avait.

– Vingt et un ans, fut la réponse.

Puis Karli décida de faire les présentations.

– Je m'appelle Karli, et j'ai neuf ans. Cette éléphante s'appelle Marlène, elle vient du zoo de Dresde, elle a quatre ans, et je suis le seul autorisé à monter sur son dos. Voici Elizabeth. Elle a seize ans, et n'arrête pas de me dire ce que je dois faire. Quant à mutti... eh bien c'est mutti. Bon, j'ai faim. Vous avez faim, Peter ?

Mutti le prit alors par le bras et l'emmena

un peu plus loin. Mais Karli ne pouvait pas s'empêcher de regarder le jeune homme et, à vrai dire, moi non plus. Je crois que je n'avais rien fait d'autre que de le contempler fixement pendant tout ce temps. Maintenant qu'il avait un nom, je m'aperçus que je ne regardais plus tellement son uniforme. Lorsqu'il se leva, je vis qu'il était beaucoup plus grand que je ne m'y attendais.

La fourche toujours à la main, mutti le fit sortir de la grange. Elle y enferma ensuite Marlène, qui avait de quoi s'occuper avec le foin, et qui grondait de plaisir.

Il ne fut pas difficile de casser une vitre, et d'entrer dans la ferme par la fenêtre. Mutti dit qu'elle regrettait d'avoir à le faire, mais que nécessité faisait loi. Nous ne pouvions quand même pas rester là dans la neige, à attendre, n'est-ce pas ? Elle expliquerait ça à oncle Manfred et à tante Lotti quand ils rentreraient, dit-elle. Ils comprendraient. Moi, je n'en étais pas si sûre. Le poêle était éteint, mais encore chaud, ils ne devaient donc pas être partis depuis très longtemps. Tout était en désordre, comme s'ils avaient quitté leur maison précipitamment. Plus nous regardions autour de nous, plus il nous paraissait évident que, comme beaucoup d'autres gens, ils étaient partis se joindre au grand exode vers l'ouest, en emportant tout ce qu'ils pouvaient avec eux.

Heureusement pour nous, oncle Manfred et tante Lotti avaient dû être trop pressés pour prendre toute la nourriture avec eux. Il y avait quelques formes de fromage – oncle Manfred faisait toujours son fromage lui-même –, et des fruits en bocaux, des petits légumes marinés dans le vinaigre aussi, et un peu de miel. Mieux encore, mutti découvrit un jambon entier à la cave. Je rallumai le feu dans le poêle. Karli alla chercher du bois dans la remise. Pendant tout ce temps, l'aviateur resta assis à la table de la cuisine, car mutti lui interdisait de bouger, et le tenait toujours à l'œil, l'air redoutable, sans lâcher sa fourche, remarquai-je, où qu'elle aille dans la maison.

Lorsqu'il me proposa de m'aider à rallumer le feu, elle lui ordonna d'une voix brusque de rester assis là où il était, et de ne pas bouger. Karli et moi avions reçu l'ordre formel de ne pas lui adresser la parole, même pendant le repas, alors que nous étions assis à côté de lui à la table de la cuisine. Mais cela ne nous empêcha pas de lui lancer des coups d'œil furtifs pendant qu'il mangeait – il était évidemment aussi affamé que nous. Le repas se passa donc en silence, sans que nous échangions un seul mot – en tout cas jusqu'à ce que mutti sorte de la cuisine pour aller voir comment ça se passait pour Marlène dans la grange. Avant de partir, elle me tendit la fourche, en me recommandant de m'en servir s'il le fallait.

Je déteste le silence entre les gens, je crois que j'ai toujours détesté ça. Je mourais d'envie de dire quelque chose à Peter pendant que mutti n'était plus dans la pièce, mais j'étais trop timide et, de toute façon, je ne trouvais rien à dire.

Karli n'avait jamais été timide, lui, il n'avait jamais eu peur de se mettre en avant. Je n'avais pas eu le temps de m'en apercevoir, qu'il s'était déjà levé de table, et jonglait avec deux pommes de pin qu'il avait trouvées sur le rebord de la fenêtre.

– Est-ce que vous savez faire ça ? demanda-t-il.

– Mon petit frère aime les tours d'adresse, et il aime bien faire le clown, expliquai-je à Peter. Il doit être un peu comédien sur les bords.

– Je vois, dit Peter. Il me fait penser à moi, quand j'étais petit. C'est ce que je faisais au

Canada. Jouer la comédie, je veux dire. J'ai toujours voulu être comédien, jouer sur scène, comme ma mère avant moi, et comme mon père aussi. Je venais de commencer à Toronto, avant que tout ça nous tombe dessus. Mais la guerre va bientôt finir, maintenant, et dès qu'elle sera terminée, je repartirai immédiatement là-bas. Je n'en peux plus d'attendre.

J'aimais bien l'entendre parler. Il avait tellement d'énergie, il était si décidé ! La vérité était que j'appréciais sa compagnie, même si je savais, bien sûr, que je n'aurais pas dû. Je sentais qu'il aimait être avec moi, me parler, me regarder, vous comprenez ? C'est pour cette raison, je pense, que je me sentis aussitôt à l'aise avec lui. Quand on est jeune, et qu'on trouve pour la première fois quelqu'un qui fait attention à vous de cette manière, on éprouve quelque chose de fort. De très fort.

Mais Karli accapara de nouveau son attention, avec ses maudits tours d'adresse. Il portait quatre pommes de pin, à présent. Il devenait téméraire. Quelques minutes plus tard, lorsque mutti revint, elle trouva Peter et Karli, assis par terre en tailleur devant le poêle, en grande conversation. Peter tenait quelque chose à la main qu'il montrait à Karli, lequel semblait fasciné. Je n'entendais pas bien ce qu'ils disaient, ni ne comprenais de quoi il s'agissait, car j'étais devant l'évier, en train de laver la vaisselle, et je ne faisais pas très attention à leur conversation. Mutti cria à Karli de se lever et de venir immédiatement près d'elle.

– Regarde, mutti ! s'exclama-t-il, en ignorant complètement ce qu'elle venait de lui dire. Peter a une boussole. Il m'a expliqué que c'est comme de la magie. Il est en train de me montrer comment ça marche. Tu sais, il suffit qu'il la mette dans la bonne direction, et elle le ramènera directement chez lui !

– Il n'est pas question qu'il rentre chez lui, Karli, répondit-elle, en le prenant par le bras et en le relevant brusquement. Et je t'ai déjà dit de ne pas lui parler, tu m'entends ?

– C'est ma faute, intervint l'aviateur, en mettant les mains en avant. Écoutez, je suis désolé…

– Vous êtes toujours désolé, répliqua amèrement mutti. Vous êtes très bon dans ce domaine ! Eh bien, vous pourrez vous désoler dans un camp de prisonniers. Dès que je le pourrai, je vous remettrai à la police, aux agents de l'*Abwehr*. Ils doivent être en train de vous chercher. Ils ont sûrement vu descendre le parachute. Tôt ou tard, ils viendront chercher par ici, et je vous remettrai entre leurs mains. En attendant, n'essayez pas d'entrer dans les bonnes grâces de mes enfants. Vous ne leur parlerez pas, et ils ne vous parleront pas. Vous m'entendez ? Si vous essayez de vous enfuir, vous mourrez de froid dehors, ou vous serez pris par l'*Abwehr*. De toute façon, vous ne rentrerez pas chez vous. (Elle tendit la main pour avoir la boussole.) Donnez-moi cette boussole, s'il vous plaît. Sans elle, vous ne retournerez pas chez vous, vous n'irez nulle part.

Peter mit un certain temps à se relever. Il ne dit pas un mot. Dominant mutti de toute sa taille, il baissa les yeux vers elle, ferma sa boussole et la lui tendit.

2

Je me revois, debout dans la cuisine de tante Lotti, en train d'assister à cet affrontement, me sentant profondément troublée. Je ne comprenais pas comment ma mère pouvait se comporter ainsi. J'avais l'impression qu'elle était vraiment trop hypocrite. Je l'avais toujours vue prendre des positions de pacifiste ardente, je l'avais toujours entendue s'élever contre la guerre – après tout, il y avait eu une violente dispute dans notre famille à cause de ça –, et maintenant elle débordait d'une colère rancunière, haineuse, vindicative même, envers quelqu'un qui portait peut-être un uniforme de l'ennemi, mais qui essayait comme il pouvait d'être gentil, conciliant, serviable. Je voulais lui dire immédiatement ce que je pensais d'elle, mais je sentais que je ne pouvais pas le faire devant Peter. Ce n'était pas le moment.

Il y avait autre chose, aussi, qui me troublait encore beaucoup plus, quelque chose que j'éprouvais, tout en sachant que je n'aurais pas dû l'éprouver, quelque chose dont je ne pouvais pas parler, à mutti moins qu'à quiconque, et à Karli non plus. Je ne pouvais en parler à personne, c'était trop terrible, et personne ne comprendrait. J'avais la tête en ébullition. Il fallait que je sorte. Je sortis de la maison en courant, et traversai la cour de la ferme pour rejoindre Marlène. C'est là, assise dans le foin, la regardant mâcher bruyamment, que je lui racontai la redoutable vérité dont je n'osais rien dire à personne d'autre.

Lorsque j'en parle aujourd'hui, bien des années plus tard, je trouve que j'avais l'air d'une jeune fille bêtement sentimentale, ce qui était d'ailleurs tout à fait le cas. J'étais donc assise là, pleurant toutes les larmes de mon corps, en train de raconter à une éléphante, une éléphante, s'il vous plaît ! que j'aimais cet homme – cet aviateur, cet ennemi, que je connaissais depuis moins de vingt-quatre heures –, et que j'étais sûre de l'aimer jusqu'à la fin de mes jours. Cela paraît ridicule, je sais, mais c'est comme ça que je ressentais les choses, et quand on a seize ans, on ressent les choses immédiatement, très fort, avec beaucoup de certitude.

– Est-ce que c'est grave, Marlène ?

demandais-je. Est-ce que c'est très grave d'aimer quelqu'un qui devrait être mon ennemi, qui vient de bombarder ma ville, de tuer mes amis ? Est-ce que c'est vraiment très grave ?

Je la regardai dans les yeux, ses yeux larmoyants.

Pour toute réponse, elle battit doucement des oreilles vers moi, et émit un profond grondement. Cela suffit à me montrer qu'elle m'avait écoutée, qu'elle m'avait comprise, et qu'elle ne me jugeait pas. Marlène m'a appris quelque chose, ce jour-là, sur l'amitié, que je n'ai jamais oublié. Pour être un véritable ami, il faut savoir écouter, et j'ai alors découvert que Marlène était la meilleure amie qui soit. Je restai là, dans la grange d'oncle Manfred, pendant un certain temps. Marlène était le seul être au monde qui connaissait mon secret, et je voulais être avec elle, avec personne d'autre. Je dus me forcer à rentrer dans la ferme. Je pense que ce fut uniquement le froid qui me ramena à l'intérieur.

Épuisés, j'imagine, par notre longue marche dans la neige, et ayant toujours du mal à nous réchauffer, nous étions déjà couchés à la fin de l'après-midi, tous les trois dans la grande chambre au-dessus de la cuisine – la chambre d'oncle Manfred et de tante Lotti. Nous nous serrions les uns contre les autres sous des tas de couvertures, tandis que Peter était resté dormir au rez-de-chaussée dans un fauteuil près du poêle. Mutti appuya une chaise contre la porte de la chambre.

– Je n'ai pas confiance en cet homme, dit-elle.

J'étais bien trop fatiguée pour discuter.

Je dormis, et eux aussi, toute la fin de la journée, et toute la nuit.

Lorsque je descendis dans la cuisine, le lendemain matin, Peter était assis à table, une carte ouverte devant lui. Il sourit en me voyant, et m'appela aussitôt :

– Je voudrais vous montrer quelque chose, Elizabeth. J'y ai pensé toute la nuit, dit-il. Vous vous dirigez vers l'ouest, n'est-ce pas, vous fuyez l'arrivée des Russes ? J'ai vu les routes, elles sont pleines de réfugiés, qui vont tous vers l'ouest. C'est là que je vais, moi aussi. Vous allez donc dans la même direction que moi. Je pense que les armées alliées les plus proches sont par ici, vers Heidelberg. C'est l'armée américaine. Elle est à cent soixante kilomètres d'ici, environ, peut-être un peu plus, je ne sais pas exactement. La route est longue, c'est tout ce que je sais. Mais grâce à ma boussole, on devrait y arriver, je pense. Je ne peux pas prendre les routes, c'est trop dangereux pour moi, avec mon uniforme. Nous pourrions traverser la campagne, en marchant surtout la nuit, et en nous reposant le jour. Il faut que j'y aille. Je ne peux pas me contenter d'attendre ici et d'être pris. Vous comprenez ?

Mutti parla brusquement derrière moi. Je ne l'avais pas entendue entrer.

– Nous n'allons nulle part, dit-elle d'une voix glaciale.

– Eh bien j'irai tout seul, répondit Peter. Il faut que je rentre chez moi. Vous devriez pouvoir comprendre ça ?

– Pour que vous reveniez en Allemagne nous bombarder encore une fois, je suppose, répliqua mutti.

Elle haussa les épaules, passa près de lui en se dirigeant vers le poêle.

– Allez-y si vous voulez. Ça n'a plus d'importance. Je ne peux pas vous arrêter, je l'ai compris à présent. C'était idiot de ma part d'avoir pensé que je le pouvais. Mais nous, nous restons là. (Elle se tourna alors vers moi.) Marlène doit avoir besoin d'eau, Elizabeth, dit-elle. Tu pourrais l'amener jusqu'à la rivière. J'ai remarqué qu'elle n'était pas gelée hier, que l'eau coulait toujours...

– Ce que je pensais... ce que je voulais dire, l'interrompit Peter, c'est que nous aurions plus de chance de nous en sortir si nous restions ensemble, si nous nous aidions les uns les autres. Grâce à ma boussole, je peux vous guider jusqu'aux Américains. Et quand nous les retrouverons, je pourrai vous être utile.

– Les enfants sont trop fatigués pour bouger, répondit mutti.

Elle demeurait intraitable. Elle refusait d'entendre parler de tout ce qui pouvait venir de lui.

– Et de toute façon, poursuivit-elle, nous n'avons pas besoin de votre aide. Nous nous sommes très bien débrouillés tout seuls jusqu'à présent. Nous attendrons quelques jours, jusqu'à ce qu'il y ait moins de neige, et nous repartirons. Nous n'avons pas besoin de vous, et nous ne voulons pas de vous.

Je ne pus me contenir plus longtemps. Je lui dis vraiment ce que j'avais sur le cœur. Je lui lançai qu'elle était tout simplement ridicule, que nous avions vraiment besoin de l'aide de Peter, et qu'elle le savait. Puis je sortis en claquant la porte, allai dans la grange, et emmenai Marlène boire à la rivière. Elle but longuement, profondément, jouissant de chaque moment, remplissant sans cesse sa trompe, puis versant l'eau dans sa gorge. Lorsqu'elle eut fini de boire, elle se mit à répandre de l'eau partout avec sa trompe, m'aspergeant d'eau glacée, ce que je n'appréciai pas du tout. Au bout d'un moment, je fis ce que je pus pour l'inciter à s'en aller, en la prenant par la trompe, par l'oreille, en imitant les claquements de langue de Karli, auxquels je savais qu'elle obéissait, bref, j'essayai par tous les moyens de la faire bouger. Mais toutes mes tentatives se révélèrent vaines, rien ne la détournait de la rivière. Elle pataugeait dedans, à présent, en m'ignorant complètement. J'étais mouillée, lui dis-je, j'avais froid ! Je la suppliai de sortir de l'eau. Mais elle n'était plus d'humeur à écouter. C'est alors que j'entendis mutti crier, non pas de la maison, comme je le crus au début, mais du bord du lac.

Je laissai Marlène et courus vers ma mère. J'entendais Karli hurler aussi, maintenant. Ce ne fut qu'après avoir franchi le portail de la cour de la ferme, et être arrivée dans le champ que je commençai à comprendre ce qu'il se passait. Il y avait un trou dans la glace, à mi-chemin entre le bord du lac et l'îlot. C'était Karli. Il était tombé dans l'étang gelé, la glace s'était brisée. Je ne voyais plus de lui qu'une tête sombre, des mains qui s'agitaient, tandis qu'il essayait de se rattraper à quelque chose, et de ne pas couler. Karli ne savait pas nager. Mutti, au bord de l'eau, hurlait et pleurait, tandis que Peter, à côté d'elle, la retenait fermement, les bras autour de sa taille. Elle se débattait, luttant contre lui pour se dégager.

– Vous devez rester là, lui disait-il. Restez là ! Ça va aller. Je peux aller le chercher. Laissez-moi m'occuper de lui.

Il me vit alors, et me cria de lui rapporter une corde.

Je me rappelai qu'oncle Manfred gardait ses outils, ses harnais, ses chaînes, ses cordes, et tout un tas de trucs, dans la remise près

de l'écurie de Tomi. Le temps que je trouve une corde et que je revienne en courant jusqu'au bord du lac, je vis que Peter était déjà loin de la rive, à genoux près du trou, et qu'il tendait la main à Karli, qui disparaissait sans arrêt sous l'eau.

Peter parvint à lui attraper une main, et à la retenir. J'essayai d'empêcher mutti de se précipiter sur la glace, mais je n'étais pas assez forte. Elle ne voulait absolument pas

rester en arrière. Accrochées l'une à l'autre, gardant difficilement l'équilibre, nous avançâmes donc prudemment vers eux.

– Voilà, vous êtes arrivées assez loin, maintenant, cria Peter. N'approchez plus. Cramponnez-vous simplement à un bout de la corde, Elizabeth, et lancez-moi l'autre.

Je fis rapidement une boucle, fis tourner la corde plusieurs fois au-dessus de ma tête, et la lançai le mieux possible, mais le bout atterrit trop loin de Peter. Je ramassai la corde, et essayai de nouveau. Cette fois, elle arriva assez près de lui pour qu'il l'attrape. Il parlait sans arrêt à Karli, essayant de le calmer. Il réussit tant bien que mal à passer la corde sous les bras de mon frère et à l'entourer autour de lui.

– Je l'ai ! cria-t-il. Maintenant, tirez, tirez doucement.

Tandis que nous tirions sur la corde, mutti et moi, nous vîmes que Peter avait saisi Karli par le dos de son manteau et qu'il essayait de le hisser hors du trou. Quelques instants plus tard, il gisait, amorphe, sur la glace. Peter le tira un peu plus loin, puis le prit dans ses bras, et passa bientôt près de nous, en glissant et en trébuchant. Karli avait le visage gris, il paraissait inanimé. Mutti courait à côté d'eux, criant sans cesse à Karli de se réveiller.

Une fois rentrés dans la maison, Peter allongea Karli devant le poêle, lui ôta ses vêtements mouillés, le frotta vigoureusement, et l'enveloppa dans des couvertures. Je ne pouvais rien faire d'autre que rester là à regarder, et à attendre désespérément un signe de vie de mon petit frère. Il n'y en avait pas, ni mouvement ni respiration. Mutti était folle de désespoir, à présent, elle pleurait sur Karli, essayait de le secouer pour le réveiller. Peter l'aida à se relever, et se tourna vers moi.

– Occupez-vous de votre mère, voulez-vous ? dit-il.

Je la pris donc dans mes bras, et la serrai contre moi. Nous ne pouvions que regarder, balançant entre l'horreur et l'espoir, tandis que Peter s'agenouillait au-dessus de Karli, les mains à plat sur sa poitrine, et qu'il la comprimait pour faire sortir l'eau qu'il avait avalée, qu'il le prenait par le menton et soufflait fort dans sa bouche, puis se remettait à appuyer encore et encore sur sa poitrine. De longues minutes s'écoulèrent, les plus longues de ma vie, et Karli ne réagissait toujours pas. Ses lèvres étaient bleues, et il y avait une immobilité en lui, qui, je le savais, signifiait seulement que c'était fini, qu'il ne servait à rien de continuer, et qu'on ne pouvait plus rien faire pour le ramener à la vie.

Peter, cependant, n'abandonnait pas, ne relâchait pas un instant ses efforts. Il ne s'arrêta que pour mettre son oreille contre la poitrine de Karli afin de savoir s'il respirait.

– Allons, Karli ! cria-t-il.

Puis il se remit à appuyer sur sa poitrine encore, et encore.

Je me tournai vers mutti, enfouis la tête contre son épaule. Nous pleurions toutes deux, incapables de nous maîtriser. C'est à ce moment que nous entendîmes un crachotement. Je levai la tête et vis les yeux de Karli s'ouvrir, tandis qu'il se mettait à tousser, à s'étouffer, et à vomir de l'eau par la bouche sur le sol de la cuisine. L'eau sortait,

sortait, jusqu'à ce qu'il n'y en ait enfin plus, et que Karli reste allongé là, respirant bruyamment, un grand sourire éclairant son visage lorsqu'il nous reconnut.

Peter se redressa et resta assis par terre, les mains sur son visage. J'aurais voulu le serrer immédiatement contre moi, le serrer fort, et ne plus jamais le lâcher. Mutti était à genoux, berçant Karli dans ses bras, et l'embrassant partout sur le visage. Il avait déjà repris assez de forces pour essayer de la repousser – il n'aimait pas beaucoup qu'on l'embrasse, ni mutti, ni moi, ni personne d'autre, d'ailleurs. Je m'agenouillai alors devant Peter, et écartai ses mains de son visage. Je vis qu'il avait pleuré, lui aussi. Je vis aussi, tandis que nos regards se croisaient, qu'il éprouvait pour moi ce que j'éprouvais pour lui.

– *Thank you*, dis-je, en tenant toujours sa main dans la mienne. *Thank you, thank you !*

À l'époque, je crois que c'étaient à peu près les seuls mots d'anglais que je connaissais. Nos larmes laissèrent bientôt la place au rire, tandis que mutti grondait Karli. Elle redevenait déjà une mère exaspérée par les bêtises de son fils.

– Pourquoi as-tu fait ça ? Qu'est-ce que tu fabriquais dehors, sur la glace, Karli ? s'écria-t-elle. Qu'est-ce qui t'est passé par la tête ?

– Je voulais simplement arriver sur la petite île, répondit-il, pour voir la cabane dans l'arbre que papi nous avait construite. J'y étais presque quand la glace s'est brisée. Ce n'est pas ma faute. C'est la faute de la glace. Elle était trop mince.

Les vêtements d'oncle Manfred étaient un peu trop petits pour Peter, et le pantalon trop lâche autour de la taille, mais ils étaient secs, et c'était le principal. Peter revint vite s'asseoir près du poêle. Karli, enveloppé dans une couverture à côté de lui, lui parla de notre cabane dans l'arbre, au milieu de l'îlot, il lui raconta comment nous jouions tous deux aux pirates, aux pirates de *L'Île au trésor* – le livre préféré de papi quand il était petit –, comment il était toujours Long John Silver, parce qu'il savait mieux imiter un homme qui boitait, et qu'il savait aussi mieux jouer un personnage assoiffé de sang.

Pendant tout ce temps, mutti s'affairait près de la cuisinière, où elle faisait cuire une soupe de pommes de terre. Je remarquai qu'elle était devenue très silencieuse. Elle semblait profondément absorbée dans ses pensées. Elle n'avait pas dit un mot à Peter depuis qu'il avait sauvé Karli, même lorsqu'il avait redescendu l'escalier, vêtu des habits d'oncle Manfred, les pieds dans ses sabots. Nous avions éclaté de rire, Karli et moi, et nous ne pouvions plus nous arrêter, mais mutti était restée de marbre. Il y avait un changement, cependant. Elle ne nous interdisait plus de lui parler, et la fourche avait disparu. Nous étions tous assis à table, heureux de manger une soupe chaude, Karli continuant de jouer à être Long John Silver. Il criait « Yo ho ho ! » chaque fois qu'il avalait une cuillerée de soupe, et imitait les cris rauques du perroquet du pirate.

Peter et moi ne cessions de nous regarder par-dessus la soupe, et de nous sourire. Ce n'était pas seulement à cause des pitreries de Karli, chacun souriait dans les yeux de l'autre.

Dès que j'entendis frapper, je sus que c'était la police qui était à la porte. Je vis le regard inquiet de Peter. Personne d'autre que la police ne frappe ainsi à la porte.

3

– On peut entrer ?

Ce n'était pas une question. C'était un ordre. Ils étaient trois, et ce n'était pas la police, mais des soldats. Avec leurs mitraillettes, leurs casques et leurs capotes, ils semblaient remplir toute la cuisine.

– Vous vivez ici ? demanda un soldat.

L'un d'entre eux parlait, tandis que les autres marchaient dans la pièce comme s'ils cherchaient quelque chose ou quelqu'un.

– Ma sœur vit dans cette maison avec son époux, répondit mutti. Mais ils sont partis.

Nous habitons ici pour le moment, ma fille, mes deux fils et moi. Mon mari est toujours sur le front russe.

– Nous cherchons un parachutiste. On nous a signalé qu'un parachute était tombé non loin d'ici. Un bombardier ennemi a été abattu, un Lancaster. Britannique. Il s'est écrasé à quelques kilomètres. Un de ces salauds doit toujours se trouver dans les parages. Nous fouillons chaque maison, chaque ferme. Vous n'avez vu personne ?

– Non, personne, répondit mutti. Nous sommes seuls dans cette ferme. Nous sommes arrivés hier seulement, nous venons de Dresde. Nous avons fui la ville.

– Il n'y a plus de ville, dit le soldat. Il n'y a plus de Dresde. Il y a beaucoup de morts. Il est impossible de savoir combien. Les salauds ! Les salauds ! Moi, je vous dis que si on trouve celui-là, il n'ira pas dans un camp de prisonniers. Ce serait trop commode ! On l'abattra d'abord, et on lui posera les questions après.

Quelqu'un criait dehors, dans la cour.

– Sergent ! Sergent ! Venez ! Venez vite !

Un autre soldat, beaucoup plus jeune, celui-ci, apparut à la porte, tout essoufflé.

– Vous n'allez pas le croire, sergent. Mais il y a un éléphant, là, dehors, dans la grange.

– Un éléphant ?

– Oui, sergent. Nous étions en train de fouiller les dépendances, comme vous nous l'aviez ordonné, nous sommes entrés dans la grange, et il était là.

– C'est une éléphante, dit mutti. Elle s'appelle Marlène. Je travaille au zoo de Dresde, avec les éléphants. C'est le seul animal que nous ayons pu sauver. Il a fallu tuer les autres, à cause du bombardement. Je l'ai amené jusqu'à la ferme familiale. Je n'avais pas d'autre endroit où aller.

Le plus jeune des soldats reçut l'ordre de rester avec nous pour nous surveiller, tandis que les autres sortaient. Karli était sur le point de dire quelque chose, mais mutti le regarda immédiatement en fronçant les

sourcils et en posant un doigt sur ses lèvres. On n'entendait plus que le tic-tac de la pendule, au mur. Je ne pouvais plus supporter cette tension. Je cherchai la main de Peter sous la table, et la trouvai. Nous les entendîmes bientôt revenir dans la cour, parlant d'une voix forte, avec excitation. Puis ils entrèrent dans la cuisine.

– Cette éléphante, elle n'est pas dangereuse ? demanda le sergent.

Mutti fit non de la tête.

– Je veillerai sur elle, dit-elle. Je la connais depuis qu'elle est née. Elle est aussi douce qu'un chaton, je peux vous l'assurer.

– Et vous n'avez pas vu d'aviateur, de parachutiste ? reprit-il.

– Non, répondit mutti. (Elle parlait avec froideur.) Si j'en voyais un, après tout ce qu'ils ont fait à Dresde, je le tuerais moi-même.

– Vos papiers ? demanda-t-il. Je veux voir vos papiers.

– Je suis désolée. Nous ne les avons pas sur nous. Ils sont restés à Dresde, dans notre maison, dit mutti, en haussant les épaules. Nous étions sortis dans le parc lorsque les sirènes annonçant un raid aérien ont retenti, et les bombardiers sont arrivés. Nous nous sommes enfuis, c'est tout.

– Vos noms, alors, dit le sergent, en sortant un carnet. Je dois avoir vos noms.

Mutti donna nos noms à tous, celui de Peter en dernier.

– Quel âge avez-vous ? demanda le sergent à Peter.

Je sentis la suspicion dans son regard. Je l'entendis dans sa voix.

– Vingt et un ans, répondit-il.

– Alors, pourquoi ne portez-vous pas

l'uniforme, pourquoi n'êtes-vous pas dans l'armée ?

Peter hésita. C'est Karli qui parla pour lui :

– Il a de l'asthme, comme moi, dit-il. Dès qu'il est essoufflé, il a de l'asthme. Tout le monde à l'école dit que quand je serai grand, je ne pourrai pas être soldat, mais moi, je veux être…

– Oui, l'interrompit mutti. Mon fils a été réformé, pour raisons médicales – asthme.

Je n'étais pas sûre du tout que le sergent croie ce qu'il entendait. J'étais certaine que d'autres questions allaient venir. Mais, curieusement, il n'y en eut pas.

Lorsque le sergent salua, je me rappelle que Karli, raidissant le bras, lui fit le *Hitlergruss*, le salut nazi, qu'on nous avait enseigné à tous à l'école, et qu'il dit *Heil Hitler*, avec enthousiasme et conviction. Il jouait parfaitement son rôle. Les soldats partirent. Je sentais ma gorge palpiter, tandis que j'entendais les derniers échos de leurs voix et leurs rires se dissiper au-dehors. Ils ne parlaient plus, en s'éloignant, que de l'éléphante dans la grange et du zoo de Dresde. L'un d'eux était monté sur un éléphant au zoo de Dresde quand il était petit, disait-il. Enfin, on n'entendit plus rien.

Mutti s'approcha de la fenêtre pour s'assurer qu'ils n'étaient plus là.

– Ça va, dit-elle. Ils sont bien partis, murmura-t-elle.

Elle revint et s'assit à table avec nous, le visage très pâle. Pendant quelques instants, ni Peter ni mutti ne prononcèrent un mot, ils restaient simplement assis, se regardant par-dessus la table de la cuisine.

Mutti inspira profondément avant de dire :

– Finissez votre soupe, Peter. Elle va refroidir. Mangez, mangez. (Puis elle fouilla dans sa poche, en sortit la boussole, et la poussa sur la table vers lui.) C'est à vous, je crois.

– Merci, dit Peter en la prenant. Et pour ce que vous venez de faire, merci.

– Vous et moi, Peter, nous devons trouver un accord, reprit mutti. À partir de maintenant, plus de « désolé », plus de « merci ». Ce qui est fait est fait. Le passé est derrière nous. Vous êtes de la famille, à présent, vous êtes l'un des nôtres. Et puis, j'ai réfléchi. Vous aviez raison quand vous avez dit à Elizabeth que nous devrions nous serrer les coudes et nous aider les uns les autres. Nous voulons tous aller vers l'ouest, échapper aux Russes, échapper aux bombardements. Nous irons donc ensemble, et nous prendrons de petites routes de campagne, comme vous l'avez suggéré. Ce sera plus sûr pour nous tous. Est-ce que cette boussole peut vraiment nous guider jusqu'aux Américains ?

Peter sourit.

– Oui, jusqu'au bout, si nous continuons à avancer, si nous avons de la chance. Mais j'ai réfléchi, moi aussi. Je ne suis plus si sûr que ce soit une bonne idée d'y aller ensemble. Les choses n'étaient pas claires dans ma tête quand je l'ai proposé. Si on découvre qui je suis... On a réussi à s'en sortir cette fois-ci, mais nous pourrions ne pas avoir autant de chance la prochaine fois. Ils vous fusilleront s'ils découvrent qui je suis. Vous le savez, n'est-ce pas ?

– Et qui va le leur dire ? répondit mutti. Ce n'est pas moi, n'est-ce pas ? Ce n'est pas Elizabeth, et ce n'est pas Karli. Je le répète, nous formons une famille, désormais. Vous parlez bien allemand, et vous avez même l'air d'être allemand avec les vêtements d'oncle Manfred sur vous. Nous devrons nous tutoyer, bien sûr. Nous les avons trompés une fois, grâce à un petit coup de pouce de Karli, n'est-ce pas ? Nous pouvons recommencer.

– Vous avez peut-être raison. Je l'espère en tout cas. Mais… et j'aimerais mieux ne pas avoir à vous le dire, je pense qu'il y a un autre problème. L'éléphante, votre Marlène. (Je voyais que Peter hésitait à poursuivre.) Écoutez, si nous l'emmenons, nous attirerons forcément l'attention sur nous. Ce sera d'autant plus dangereux. Je pense que nous devrions la laisser ici. Il y a plein de foin dans la grange, nous pourrions remplir des seaux d'eau…

– Là où nous allons, Marlène va, répondit

fermement mutti. Elle fait partie de la famille, elle aussi. Quelle est cette phrase, déjà, dans *Les Trois Mousquetaires* ? « Un pour tous, tous pour un. »

Je me rappelle que mutti nous demanda de nous prendre par la main autour de la table, pour un autre « moment familial », comme elle l'avait fait si souvent à la maison. Même Karli se retint d'interrompre ce rituel. Il priait peut-être aussi intensément que je le faisais moi-même. Je priais pour que papi revienne, pour que nous arrivions tous jusqu'aux Américains, pour que nous survivions tous… et pour que Peter continue à me serrer la main aussi fort, pour qu'il ne la lâche jamais. À la fin, ce fut quand même Karli, bien sûr, qui décida que le moment familial avait assez duré, et qui rompit le silence :

– Quand est-ce qu'on part ? demanda-t-il. Est-ce qu'on va loin ? Je veux monter Marlène pendant tout le trajet. Je peux, hein, je peux, mutti ? Combien de temps faut-il pour arriver là-bas ?

Le reste de la journée se passa à étudier la carte de Peter, à faire des plans, à savoir combien de kilomètres nous pouvions espérer parcourir chaque nuit. Peter estimait que nous devrions pouvoir faire huit à dix kilomètres par nuit, selon le temps, et que si nous gardions un pas régulier, si les Américains continuaient d'avancer à leur allure actuelle, nous aurions des chances de les rejoindre en quatre ou cinq semaines environ. Puis ce fut le moment d'emballer toute la nourriture que nous pouvions trouver, que nous pouvions transporter, et d'enfiler les vêtements chauds dont nous avions besoin. Nous avions tous des sacs à dos pleins, et une couverture enroulée, attachée par-dessus. Nous prîmes un dernier repas – le reste de la soupe de pommes de terre et un peu de fromage –, puis mutti décida de laisser un billet signé de nous tous à oncle Manfred et tante Lotti, pour les remercier et leur expliquer où nous allions.

Ensuite, nous sortîmes dans la cour de la ferme au clair de lune pour aller chercher Marlène dans la grange, la neige crissant et craquant sous nos pieds. Il fallut l'éloigner de son foin – ce qui ne fut pas facile – mais Karli parvint à l'attirer grâce à quelques pommes de terre appétissantes. Une fois hors de la grange, Peter hissa Karli sur le dos de Marlène, et nous partîmes dans la nuit, vers l'ouest, mutti conduisant l'éléphante par l'oreille, Karli l'incitant à avancer en émettant sans arrêt de petits claquements de langue. Peter et moi marchions tous deux devant, Peter tenant sa boussole à la main. Nous étions partis.

Quatrième partie

Le son des cloches

1

Lizzie s'interrompit quelques instants, puis elle leva la main.

– Écoutez, dit-elle, en regardant par la fenêtre. Les cloches, vous les entendez ?

Je n'y avais pas fait attention jusqu'à ce moment.

– J'aime entendre sonner les cloches des églises, poursuivit-elle. Chaque fois que je les entends, ça me rappelle la même chose, ça me rappelle qu'il y a de l'espoir, que la vie continue. Saviez-vous que tous les ans, à Dresde, pour rappeler le jour du bombardement, on fait sonner toutes les cloches de

la ville ? J'y suis retournée quelquefois. Ce n'est pas la vieille ville, telle qu'elle était, bien sûr. Mais il est merveilleux de voir comment on l'a reconstruite, comment on l'a fait renaître de ses cendres. Et quand les cloches sonnent dans la nouvelle ville, c'est beaucoup plus fort que ce qu'on entend en ce moment, je peux vous le dire. Mais celle-ci a un joli son, très doux.

Elle se tourna alors vers nous.

– Je suis désolée que cette histoire ait pris autant de temps. La nuit commence déjà à tomber. Je sais bien que je n'arrive jamais à m'arrêter de parler. Vous avez sans doute raison après tout, je devrais peut-être vous raconter la suite une autre fois. C'est gentil à vous de m'avoir écoutée si longtemps.

– Écouter, c'est bien à ça que servent les amis, vous vous rappelez ? dis-je.

– Est-ce que vous avez réussi à vous échapper ? demanda Karl. Est-ce que Peter a été pris ? Je veux savoir ce qui s'est passé.

– Vous voyez ? dis-je en souriant. Nous n'irons nulle part tant que vous ne nous aurez pas raconté la suite de votre histoire. Nous restons là où nous sommes, n'est-ce pas, Karl ?

Lizzie me tapota la main.

– Vous êtes très gentils, tous les deux. Je ne vous retiendrai pas trop longtemps, maintenant, c'est promis.

Elle effleura le verre de la boussole du bout des doigts, le contempla pendant un moment, puis reprit son histoire.

Sans Peter, et sans sa boussole, je pense que nous n'y serions jamais arrivés. Il avait vraiment eu raison de nous conseiller de nous écarter des routes. Nous devions peu à peu apprendre que nos plus grands ennemis n'étaient pas le froid ni la faim, mais les gens, les gens qui pouvaient nous soupçonner, qui posaient des questions, qui risquaient de nous dénoncer. En pleine campagne, il y avait moins de monde. Sans compter que si nous avions rejoint les milliers de personnes qui s'entassaient sur les routes, nous aurions couru de plus grands dangers encore – les avions de chasse, les bombardiers. Des réfugiés que nous avons croisés plus tard nous en ont parlé, ils nous ont raconté comment les avions, volant bas au-dessus des routes, bombardaient et mitraillaient.

Beaucoup de gens sont morts ainsi, des soldats, des réfugiés, côte à côte.

Peter et sa boussole nous ont permis d'éviter tout ça.

Mais je suis sûre que nous avons survécu aussi parce que nous marchions la nuit. Je me rappelle que mutti craignait toujours que nous avancions trop lentement, que les Russes, qui étaient derrière nous, finissent par nous rattraper. Il est vrai que nous entendions souvent le grondement lointain de leurs canons. La nuit, ils éclairaient le ciel

tout le long de l'horizon à l'est, et ils semblaient de plus en plus près de nous. Après avoir marché toute la nuit, mutti devait être aussi fatiguée que nous, mais elle répugnait à s'arrêter le matin. Il lui semblait toujours que nous aurions pu aller encore un peu plus loin.

Heureusement, aux premières lueurs de l'aube, Peter parvenait généralement à nous trouver un endroit où nous cacher pendant la journée, un endroit où nous pouvions enfin être au sec et au chaud, et parfois même, quand nous avions de la chance, où nous pouvions allumer un feu. Il s'agissait tantôt d'une grange isolée, tantôt d'une cabane de berger, ou de bûcheron – c'était sans importance. Nous nous tenions constamment à l'écart des villes et des villages, et autant que possible des vallées et des bois où nous risquions d'être vus. Nous avions bientôt découvert que nous n'étions pas les seuls à traverser la campagne à pied dans ce long cheminement vers l'ouest, que nous n'étions pas les seuls à avoir choisi d'éviter les dangers des routes.

Il y avait donc des jours, que cela nous plaise ou pas, où nous devions partager une grange, une cabane, avec d'autres réfugiés, le plus souvent des familles, comme nous. Mais une fois ou deux, nous nous étions retrouvés avec des soldats, des unités entières. Ces rencontres étaient délicates au début. Personne ne se fiait à personne à cette époque, vous savez. On ne pouvait pas, surtout au premier abord. Le fait d'avoir Marlène, cependant, aidait à rompre la glace, aidait à chasser les soupçons. Il suffisait que les gens la voient, que mutti leur parle du zoo, leur dise que nous avions gardé Marlène chez nous, dans le jardin, pour qu'ils nous racontent bientôt leur propre histoire, et comment ils avaient échappé aux bombardements, au déluge de feu. Nous savions tous que nous avions de la chance d'être vivants. C'est étrange à dire, étant donné les épreuves que chacun traversait, mais les rires jaillissaient plus souvent que les larmes, même si je me rappelle aussi que de nombreux réfugiés restaient simplement assis là, le regard dans le vide, se balançant d'avant en arrière, murmurant des paroles indistinctes dans leur malheur.

S'il y avait d'autres enfants dans ces refuges, Karli était absolument ravi. Non seulement il avait un public devant lequel jongler et faire ses tours, mais il pouvait aussi se montrer avec Marlène. Il avait réussi à lui apprendre à s'agenouiller, à lever la trompe à son commandement, et les enfants adoraient ça. Devant eux, il se présentait comme le seul et unique propriétaire de Marlène. Il parlait d'elle en disant toujours « mon éléphante », ou « ma Marlène ». Il aimait tellement jouer la comédie, et il savait tellement bien le faire, aussi !

Il s'était facilement glissé dans le rôle du petit frère de Peter – d'autant plus qu'à mon avis, il était réellement très content d'avoir un frère plus âgé pour lui, un vrai copain.

Il racontait fièrement à tout le monde

qu'il était le seul à savoir s'y prendre avec cette éléphante, que son frère aîné n'y arrivait pas du tout, et sa sœur encore moins. Il savait merveilleusement bien faire le clown, et tout le monde riait. Je m'étais aperçue qu'une fois que nous avions ri tous ensemble pendant un moment, nous commencions à sentir une sorte de solidarité entre réfugiés, une camaraderie, parfois même au point que nous ne partagions pas seulement nos histoires, mais la nourriture et les boissons.

Sur le conseil de mutti, cependant, Peter restait réservé, il ne parlait pas beaucoup lorsqu'il y avait d'autres personnes que nous, et c'était aussi bien comme ça. En le connaissant mieux, nous avions remarqué qu'il avait un accent nettement perceptible, canadien ou suisse, peu importe. Ce qui importait, en revanche, c'est qu'il parlait d'une façon assez particulière pour que les autres s'en aperçoivent. Et si nous l'avions remarqué, ils pouvaient le remarquer eux aussi.

Les gens demandaient régulièrement à mutti pourquoi son fils n'était pas en uniforme, comme les autres jeunes gens. Mutti s'en tenait toujours à l'histoire d'asthme que Karli avait inventée le premier devant les soldats à la ferme. C'était un bon prétexte car, par la force des choses, notre mère connaissait très bien les symptômes de cette maladie. Nous les connaissions tous, à l'exception de Peter lui-même, mais mutti avait suggéré à Karli de l'informer et de s'assurer qu'il sache exactement ce qu'on ressentait lorsqu'on avait de l'asthme. Karli avait même appris à Peter comment tousser et respirer bruyamment. Néanmoins, j'étais très tendue chaque fois que le sujet était abordé. J'avais peur aussi car, après avoir vécu l'horreur des bombardements de Dresde, tous les gens que nous croisions débordaient de colère, d'animosité, contre les Américains et les Britanniques. Jusqu'alors, cette haine avait surtout été dirigée contre les Russes. Mais ce n'était plus le cas, désormais. C'est pourquoi, s'il était découvert, Peter risquait sa vie. Et nous aussi.

La plupart des réfugiés que nous rencontrions venaient de Dresde, comme nous, même si quelques-uns venaient de plus loin à l'est. Pour eux, en particulier, la peur des Russes dépassait de beaucoup leur colère contre les Américains et les Britanniques. De nombreuses histoires couraient sur les atrocités épouvantables commises par l'Armée rouge sur des civils, tandis qu'elle pénétrait de plus en plus profondément à l'intérieur de l'Allemagne. Je ne savais pas à l'époque, et je ne sais toujours pas aujourd'hui ce qui était vrai et ce qui ne l'était pas, mais ce qui est sûr, c'est qu'un grand nombre de nos compagnons d'exode étaient terrifiés par les Russes. Et ce que je sais surtout, c'est qu'il y a toujours des atrocités à la guerre. Nous entendions également dire à présent que l'Armée rouge était plus près que nous ne l'avions cru, à quelques kilomètres seulement de l'autre côté de Dresde. Aussi, malgré tous les bombardements des Alliés, chacun pensait qu'il valait mieux être à la merci des Américains et des Britanniques que d'attendre l'arrivée des Russes.

Lorsque nous nous retrouvions cachés avec d'autres réfugiés, Peter se montrait le moins possible, pour éviter les regards soupçonneux et les questions indiscrètes, me disait-il. Parfois, il annonçait qu'il partait chercher quelque chose à manger, mais souvent, il s'excusait en prétextant qu'il devait aller voir Marlène. Dès que je le pouvais, je l'accompagnais, pas du tout pour l'aider à s'occuper d'elle, bien sûr, mais simplement parce que je voulais être avec lui. Nous désirions être ensemble le plus possible, désormais, et seuls, aussi. Nous passions de longues heures, tous les deux, assis là, à côté de Marlène, dans une grange ou un abri, tandis qu'elle mâchonnait du foin ou de la paille – ce qu'on lui avait trouvé. Ou nous l'observions quelquefois de la berge d'une rivière, pendant qu'elle buvait et se lavait dans l'eau.

C'est pendant ces moments d'intimité que

Peter commença à me parler de sa maison au Canada, à Toronto, des rôles qu'il avait joués au théâtre, surtout comme figurant : hallebardier, serviteur, policier, majordome. Il me parlait de la cabane blottie au cœur de la forêt – il appelait ça son cottage – où ses parents et lui allaient passer le week-end pendant toute son enfance, il me racontait leurs promenades à bicyclette, ou en canoë, la pêche au saumon, les orignaux et les ours bruns qu'ils apercevaient parfois. Moi, je lui parlais de papi, d'oncle Manfred et de tante Lotti, du bon temps que nous avions passé à la ferme, et de la dispute qui avait divisé la famille.

Nous essayions autant que possible d'éviter d'aborder le sujet de la guerre. Nous savions tous deux que son ombre sinistre planait au-dessus de nous, qu'elle menaçait de nous séparer, et nous voulions, lui comme moi, vivre des moments éloignés de tout ça, baignés par la douce lumière de nos souvenirs et de nos espoirs partagés. Nous découvrions que nous avions tant de choses en commun – nous aimions le vélo, le bateau, la pêche. Il était fils unique, me raconta-t-il, et n'avait jamais fait partie d'une grande famille, jusqu'alors, en tout cas. Il savait qu'il ne faisait que jouer le rôle du frère aîné, mais plus il restait longtemps avec nous, plus il se sentait à l'aise dans ce rôle, où il n'était qu'un simple membre de la famille. Il aimait beaucoup ça, me confia-t-il.

Nous parlions beaucoup, mais même quand nous nous taisions, je sentais des affinités, une correspondance entre nous, que je n'avais jamais senties avec personne d'autre.

Puis vint le jour – mais je suppose que cela devait arriver, n'est-ce pas ? – où Karli nous surprit. Je me rappelle que nous étions assis au bord d'une rivière, tandis que Marlène balançait sa trompe au-dessus de nos têtes.

– Vous êtes amoureux tous les deux, hein ? dit-il, avec une lueur malicieuse dans le regard. Je le sais. Vous partez toujours ensemble. Je vous ai observés !

– Ce ne sont pas tes affaires, répliquai-je vertement. J'étais furieuse contre lui, et gênée aussi. Mais Peter réagit beaucoup mieux que moi. Il le fit asseoir entre nous, et passa un bras autour de ses épaules.

– Nous sommes simplement en train de parler, Karli, d'apprendre à nous connaître. Je suis son frère, tu te rappelles ? Et ton frère à toi aussi. Toi et moi, nous parlons souvent, non ? Si je veux jouer mon rôle correctement, il faut que j'entre vraiment dans mon personnage. C'est pour ça que tu m'as expliqué les symptômes des crises d'asthme, tu t'en souviens ? Je dois savoir tout ce qu'il faut savoir sur ma nouvelle personnalité, et ma nouvelle famille. Il faut que je connaisse l'histoire de chaque personnage de la pièce. Tu vois ce que je veux dire ? C'est ainsi que font les acteurs. Tu comprends ça, n'est-ce pas, Karli ? Les gens peuvent me poser des questions, sur papi par exemple, sur l'endroit où nous vivions à Dresde, sur le zoo, la ferme, oncle Manfred et tante Lotti. Il faut que je puisse répondre, non ? Elizabeth me raconte ce qu'elle sait, pour m'aider, c'est tout.

Karli sembla se contenter de ces explications, mais plusieurs fois, après ce jour-là, je sentis qu'il nous observait, et cela m'inquiétait. Je ne voulais surtout pas que mutti ait la moindre idée de ce que je ressentais pour Peter. Non pas à cause de ce qu'elle pouvait en penser, mais parce que c'était personnel, très intime, et que je voulais que ça le reste.

La nourriture que nous avions prise à la ferme dura aussi longtemps qu'on réussit à la faire durer, mais à la fin, bien sûr, il n'en resta rien. Ensuite, trouver quelque chose à manger devint notre plus grand problème. Pas pour Marlène. Il lui suffisait d'enlever la neige à la surface de la terre en la grattant avec sa trompe pour trouver quelque chose à manger en dessous. Une fois qu'il n'y avait plus de neige, elle broutait simplement en avançant. Elle était constamment à la recherche de quelque chose à manger, sa trompe furetant partout devant elle. La plus grande partie de notre longue marche se fit à travers des vallées, l'eau ne nous manqua donc jamais, il suffisait d'en prendre dans les ruisseaux et les rivières. En outre, Peter nous trouvait souvent une grange à foin où nous cacher et où Marlène pouvait s'empiffrer toute la journée.

Mais nous avions de plus en plus de mal à nous procurer de la nourriture. Une fois encore, ce fut Peter qui nous tira d'affaire, c'est lui qui sauva notre bifteck, comme on dit. Dans l'armée de l'air, il avait fait des expériences de survie, s'entraînant à vivre des seules ressources de la terre – c'était un exercice obligatoire au cas où l'avion serait abattu. Et, de toute façon, par bonheur pour nous, chez lui au Canada, il avait appris à trouver à manger dans la nature, à chercher la nourriture par tous les moyens, à pêcher, à chasser. Il avait fait ça toute sa vie mais, comme il le remarqua, se procurer de la nourriture à tout prix n'était jamais allé jusqu'à la voler.

Tôt le matin, nous nous installions dans notre nouvel abri du jour, nous essayions de le rendre le plus confortable possible pour nous et pour Marlène puis, au bout d'un moment, Peter disparaissait. Il revenait une heure ou deux plus tard, avec quelque chose : des œufs pris dans un poulailler, peut-être, ou une saucisse « libérée », disait-il, du garde-manger de quelqu'un. Il y trouvait des carottes, de temps en temps, et rapporta même des pommes une fois ou deux. On s'aperçut qu'un grand nombre de maisons ou de fermes étaient vides et abandonnées dans la campagne. Beaucoup de gens, comme oncle Manfred et tante Lotti, avaient quitté leur maison et s'étaient enfuis.

Peter ne dénichait pas seulement de la nourriture. Un jour, il revint avec une canne à pêche, ce qui nous permit bientôt de manger assez souvent du poisson grillé pour le

petit déjeuner. Mais il arrivait qu'il ne rapporte que très peu de choses : quelques noix et des légumes à moitié pourris. Plusieurs fois, il revint même les mains vides. Nous devions alors supporter la faim, et ces jours où nous avions l'estomac vide, étaient ceux où nous avions le plus de mal à nous réchauffer, même quand nous parvenions à allumer un feu.

Ce furent les moments les plus durs de notre long chemin, ceux où nous avions faim. La marche interminable, je m'y étais habituée. Je m'étais même habituée à mes ampoules, à mes mains et à mes oreilles glacées, à mes pieds insensibles. La neige disparut, mais le froid jamais. Parfois, lorsque je ne pouvais plus faire un pas en avant, je sentais le bras de mutti autour de mes épaules, et elle me disait toujours la même chose.

– Mets simplement un pied devant l'autre, Elizabeth, et nous arriverons là où nous devons aller.

C'était son perpétuel mantra. Quand j'avais le moral au plus bas, je me le répétais sans arrêt, en essayant d'y croire de toutes mes forces. Il y eut bien des fois où je faillis complètement abandonner.

En y repensant, cependant, je m'aperçois que c'était Marlène, autant que mutti, qui me poussait à aller de l'avant. Dans le vent et dans la pluie, dans la boue et dans le gel, Marlène continuait d'avancer imperturbablement de son pas lourd. C'était elle qui menait le train, et nous nous adaptions à son rythme. Lorsque je marchais quelque part à côté d'elle, où que ce soit, je l'entendais gargouiller de satisfaction, un bruit caverneux qui venait de ses entrailles. Et, je ne sais pas très bien pourquoi, mais ça me faisait toujours sourire, ça me remontait le moral. Nous enviions tous son habileté à trouver de la nourriture sur le chemin, en reniflant des feuilles mortes, en arrachant le peu d'herbe qu'il y avait. Sa patience infinie, sa persévérance, nous donnaient beaucoup de courage, et nous apportaient un immense réconfort. Elle était très affectueuse avec nous tous, maintenant, Peter y compris, elle nous traitait comme des membres de sa famille. Pour nous, il était évident qu'elle faisait partie de la nôtre. Elle nous touchait constamment avec le bout tendre de sa trompe, pour nous rassurer, et peut-être se rassurer elle-même, aussi. Si Peter était notre guide et qu'il subvenait à nos besoins, si mutti était notre force, alors Marlène était notre source d'inspiration.

Parfois, après de longues heures de marche dans la campagne obscure, lorsque nous avions tous faim et froid, que nous étions fatigués, et que la nuit semblait ne jamais devoir finir, mutti nous faisait chanter. Nous chantions les chansons de sa Marlene Dietrich bien-aimée, les comptines, les chansons populaires, les chants de Noël avec lesquels nous avions grandi, Karli et moi. Peter en connaissait certains, par sa mère suisse, et il se joignait donc à nous. Bien entendu, Karli chantait plus fort que les autres, nous guidant tous, perché sur Marlène. Pendant ces moments, où nous chantions en nous frayant un chemin dans la nuit, je sentais toutes mes peurs s'envoler. J'étais soudain exaltée, pleine d'espoir, l'espoir que tout se passerait bien. Je ne sais vraiment pas pourquoi le simple fait de chanter ensemble produisait un tel effet, mais c'était pourtant le cas. Ce n'était pas seulement un moyen de passer le temps. D'une certaine manière, chanter rendait mon cœur plus léger, ranimait mes forces, et me redonnait envie de tenir le coup. Il en était de même pour chacun de nous, je crois.

Je pense que nous devions cheminer à travers l'Allemagne depuis trois semaines environ, et nous progressions beaucoup plus lentement que Peter ne l'avait prévu. C'étaient les cours d'eau et les fleuves qui nous retardaient. Les rivières, nous arrivions à les traverser assez facilement – Marlène semblait faire volontiers des allers-retours d'une berge à l'autre en portant deux d'entre nous sur son dos à chaque fois. Mais pour traverser les fleuves, il fallait trouver un pont, et un pont qui ne soit pas surveillé par des soldats, ce qui était rare. Aussi, chaque fois que nous arrivions devant un pont, Peter devait aller en éclaireur repérer s'il y avait des sentinelles. S'il y en avait, il fallait faire un long détour, en longeant le fleuve jusqu'à ce que nous trouvions un pont qui ne soit pas gardé. Cela rallongeait beaucoup notre marche, et nous faisait perdre beaucoup de temps.

Nous savions que chaque personne qui nous voyait ou que nous rencontrions représentait un danger pour nous mais, malgré tous nos efforts, nous ne pouvions pas éviter complètement ces rencontres. Même la nuit, il nous arrivait de croiser quelqu'un, des gens rentrant dans leur village après la tombée du jour, parfois des bergers, en train de surveiller un troupeau. Une fois, ce fut un paysan, je m'en souviens, qui était apparu soudain derrière une haie. Il essayait d'aider une de ses vaches à vêler, et il avait besoin d'aide, nous avait-il dit. Peter s'était donc aussitôt agenouillé, et avait tiré sur le veau en même temps que le paysan. Cela avait pris un certain temps, mais le veau était sorti vivant, remuant vigoureusement les pattes. Le paysan, ravi, nous avait serré énergiquement la main à tous. Seulement après que tout avait été fini, il avait paru s'apercevoir de la présence de Marlène. Mutti lui avait raconté notre histoire, qui avait semblé lui plaire. Nous avions passé la nuit dans sa grange, et sa femme nous avait apporté de la soupe chaude. Ils ne posaient pas de questions, mais amenaient de plus en plus de membres de leur famille pour voir l'éléphante. Loin d'attirer dangereusement l'attention sur nous, comme l'avait craint Peter, Marlène se révélait être une sorte de talisman. Elle détournait l'attention de nous, et de Peter en particulier, ce qui était, bien sûr, exactement ce que nous voulions.

Cachés pendant la journée, blottis ensemble dans une cabane ou dans une grange, nous avions entendu et parfois vu des avions de chasse voler bas au-dessus de nos têtes, mais nous étions à l'abri, nous tenant toujours hors de vue. Le jour et la nuit, nous avions entendu aussi le vrombissement de bombardiers au-dessus de nous mais, de même que les avions de chasse, ils étaient passés, nous laissant en paix. Si nous n'avions pas entendu tonner les canons russes, de plus en plus loin de nous, il nous aurait presque été possible d'oublier que la guerre continuait. Plus nous nous enfoncions dans la campagne, plus nous nous sentions tranquilles et en sécurité. Parfois les jours étaient si calmes et silencieux, désormais, que je me demandais si la guerre n'était pas déjà finie sans que nous l'ayons su.

Je me rappelle que Karli tomba malade très rapidement.

Affaibli par son asthme, il n'avait jamais été un enfant robuste. Cela commença un soir par une petite toux qui ne le quitta plus. Mutti l'enveloppa dans des couvertures et, pendant la plus grande partie de la nuit, il continua de monter Marlène comme d'habitude, mais au bout d'un moment, il devint évident qu'il n'avait plus la force de rester perché là-haut, qu'il pouvait tomber d'un moment à l'autre. Mutti réussit bon gré mal gré à le convaincre de descendre et, cette nuit-là, elle le porta dans ses bras tout au long du chemin.

Peter et moi étions partis en éclaireurs pour chercher d'urgence un endroit où s'abriter – n'importe où, pourvu que Karli soit protégé du froid. Aucune lumière ne venait des maisons, bien sûr, à cause du couvre-feu. Mais c'était une nuit éclairée par la lune, ce qui me permit de voir la forme sombre d'une demeure imposante se dresser au loin, puis le ruban que dessinait une allée bordée d'arbres serpentant vers elle à travers champs. Nous nous rendions bien compte, au bruit de la toux de Karli, à sa respiration sifflante, qu'il allait de plus en plus mal. Il n'avait pas seulement besoin d'un abri pour la nuit, il avait besoin d'un médecin. Nous n'avions pas le choix. Nous savions que c'était un risque, mais plus rien

ne nous aurait empêchés de remonter l'allée de gravier, et d'aller frapper de toutes nos forces à l'énorme porte d'entrée. Il fallut attendre un moment avant que quelqu'un vienne, et Peter commençait à penser que la maison avait été abandonnée comme tant d'autres. Mais la porte s'ouvrit enfin.

Nous vîmes la lumière d'une lanterne. Elle était tenue par un vieil homme en pyjama, coiffé d'un bonnet de nuit.

Il n'avait pas l'air aimable du tout.

2

– C’est le milieu de la nuit, grommela le vieil homme. Qu’est-ce que vous voulez ?

– S’il vous plaît. Nous avons besoin d’un médecin, répondit mutti. Mon fils est très malade. S’il vous plaît !

C’est alors que de plus loin à l’intérieur de la maison, une autre voix, une voix de femme, retentit :

– Qui est-ce, Hans ? Encore des nouveaux ? Laisse-les entrer.

La porte s’ouvrit un peu plus, et nous

vîmes une dame en chemise de nuit, qui descendait un immense escalier, et se hâtait de venir vers nous à travers le hall.

– Ils disent qu'ils ont besoin d'un médecin, comtesse, répondit le vieil homme.

Tous deux nous examinaient à la lueur de la lanterne, à présent.

– Nous venons de Dresde, leur dit mutti.

– Est-ce que j'ai des hallucinations, demanda la dame, ou est-ce que je vois un éléphant ?

– Je vous expliquerai ça plus tard, répondit mutti. Mais mon fils est malade, gravement malade, et je dois trouver un médecin. S'il vous plaît. C'est urgent.

La femme n'hésita pas. Elle prit mutti par le bras et la fit entrer dans le hall.

– Entrez, entrez, dit-elle. Je vais tout de suite envoyer quelqu'un chercher le médecin

du village. Et vous, Hans, trouvez une place pour cet animal dans les écuries.

Je n'avais aucune idée de qui pouvaient être ces gens, cette nuit-là, et ça m'était bien égal. Un médecin allait bientôt venir pour examiner Karli, et nous lui avions trouvé un abri. C'était tout ce qui comptait pour moi. En plus, je serais au chaud, moi aussi. Je sentais même une odeur de nourriture. Mais mutti ne me laissa pas entrer directement dans la maison. Elle me demanda de m'occuper de Marlène et de m'assurer qu'elle aurait quelque chose à boire et à manger. Aussi, conduite par Hans – le vieil homme au bonnet de nuit, qui n'arrêtait pas de grommeler tout seul entre ses dents –, j'accompagnai Marlène derrière la maison, puis la fis passer sous une grande arche, et entrer dans la cour d'une écurie. Je vis qu'il y avait tout ce dont elle avait besoin, du foin, de l'eau, et je la laissai là. Elle paraissait très contente, beaucoup plus contente, sans aucun doute, que les chevaux, de l'autre côté de la cour, qui devenaient de plus en plus nerveux à la vue de cet étrange intrus.

Tandis que nous revenions vers la maison – l'endroit me paraissait immense, et ressemblait davantage à un château qu'à une maison –, Hans continuait de marmonner entre ses dents, mais ouvertement contre moi, à présent, se plaignant de ne jamais pouvoir dormir une nuit tranquille. Il s'en prenait également à la comtesse, qui ne se contentait pas, ce qui était déjà assez consternant, d'ouvrir sa porte à tout le monde, mais qui transformait maintenant l'écurie en zoo. C'en était trop, disait-il, vraiment trop.

Ce fut seulement après qu'il m'eut fait entrer dans la maison, et qu'il m'eut conduite en haut du grand escalier, que je commençai à voir de mes propres yeux de quoi il se plaignait. Partout où je regardais, chaque centimètre carré de plancher était occupé.

Des gens étaient couchés, profondément endormis, dans les couloirs, sur les paliers et, selon toute probabilité, dans chaque pièce. Ceux qui ne dormaient pas, assis sur des paillasses, me regardèrent passer d'un œil vide. Tous avaient l'air hébété. Hans m'emmena tout en haut de la maison, jusqu'au grenier, où je vis Karli étendu sur un matelas à côté d'un feu, tandis que mutti, agenouillée auprès de lui, appliquait des compresses humides sur son front. Peter était occupé à mettre du bois dans le feu.

– Il a de la fièvre, Elizabeth, dit mutti en me regardant, les yeux pleins de larmes. Il est brûlant. Où est ce médecin ? Où est-il donc ?

Le reste de la nuit, Karli resta allongé là à se tourner et se retourner sans cesse, délirant parfois, pendant que nous essayions tous trois de le rafraîchir à tour de rôle. Aucun de nous ne dormit, nous restions simplement assis là à veiller sur lui, espérant que la fièvre allait baisser, attendant avec impatience l'arrivée du médecin. Lorsqu'il vint enfin, la dame l'accompagna, habillée désormais avec élégance, majestueuse dans ses vêtements tout noirs. Après avoir examiné Karli, le docteur décréta qu'il devait rester absolument au chaud, et boire le plus d'eau possible. Il nous donna des médicaments pour lui, et nous dit qu'en aucun cas Karli ne devait sortir dans le froid, ni voyager, avant d'être complètement guéri.

Ce fut seulement à ce moment-là, lorsque le médecin fut reparti, que la dame en noir se présenta :

– Tout le monde m'appelle simplement « comtesse », dit-elle, en nous serrant cérémonieusement la main à chacun. Nous ne faisons pas trop attention aux noms, ici, c'est plus sûr. Je pense que nous avons environ soixante-dix réfugiés à présent dans la maison – de toutes sortes, mais surtout des familles venues de l'est et qui se reposent quelques jours. Tout le monde passe par ici. On dirait que la terre entière est en fuite. Nous avons des soldats en permission qui rentrent chez eux, ou qui rejoignent leur régiment sur le front, quelques déserteurs, sans aucun doute, et nous avons aussi quelques vagabonds. Je ne pose pas de questions. Nous n'avons qu'un seul repas chaud par jour, à midi, puis du pain et de la soupe le soir. Ce n'est pas beaucoup, mais on ne peut pas faire plus, je le crains. Comme vous le savez, il est difficile de se procurer de la nourriture en ce moment.

Vous pouvez rester aussi longtemps que vous le désirez, en tout cas jusqu'à ce que ce jeune garçon aille mieux, mais ensuite je vous conseillerais de ne pas vous attarder trop longtemps. Les Russes ne sont plus très loin, ils seront là dans quelques semaines, pas davantage. Les Américains sont plus près, d'après ce que tout le monde dit, mais qui sait qui arrivera le premier ici ?

Mutti la remercia du fond du cœur pour sa gentillesse à notre égard.

– J'ai beau avoir dit que je ne posais pas de questions, reprit la comtesse, je dois avouer que votre éléphant a quand même éveillé ma curiosité.

Mutti lui parla alors de son travail au zoo, de papi qui combattait en Russie, et de notre fuite de Dresde en compagnie de Marlène. La comtesse écouta attentivement.

Puis elle dit :

– Moi aussi, j'avais un mari à l'armée autrefois, mais il est mort, maintenant. Et comme vous, j'ai un fils, moi aussi. Comme votre époux, il combat en Russie, sur le front est. Peut-être qu'ils se connaissent, sait-on jamais.

Elle regarda Peter droit dans les yeux.

– Mon fils doit avoir exactement le même âge que vous, reprit-elle. Et il a des yeux marron, profondément enfoncés dans les orbites, comme vous. Mon plus grand souhait est de le revoir vivant et en bonne santé. On ne peut qu'espérer.

Nous restâmes quelque temps chez la comtesse. Karli mit trois ou quatre jours à se rétablir. Peter lui donna sa boussole pour qu'il en prenne soin, ce qui le rendit fou de joie. Il dormait en la serrant dans son poing.

Je me souviens qu'il dit une fois à Peter que c'était mieux que n'importe quel ours en peluche. Et plus tard, lorsqu'il commença à aller mieux, il affirma qu'il était sûr que c'était la boussole de Peter qui l'avait guéri, finalement, et non pas les médicaments du médecin.

Mutti ne voulait pas courir le risque de reprendre notre voyage avant d'être sûre que Karli ait récupéré suffisamment de forces.

Le problème était que plus nous restions longtemps, plus nous trouvions que c'était confortable, et moins nous avions envie de repartir. Nous nous asseyions à midi avec les autres réfugiés dans la grande salle à manger, où nous attendait un bon repas chaud. C'est la comtesse qui parvenait à créer un sentiment de grande camaraderie entre nous tous. Elle nous donnait tellement l'impression d'être les bienvenus ! Elle prenait le temps de rester avec chacun, et se donnait du mal pour tous. Elle était généreuse, aussi, et pleine de délicatesse. Lorsque Karli lui avait raconté un jour qu'il aimait bien jongler, elle lui avait donné deux balles de tennis – s'il est heureux, ça l'aidera à aller mieux, avait-elle dit.

Comme la comtesse nous l'avait expliqué, toutes sortes de gens se retrouvaient là, allaient et venaient, chacun ayant une histoire à raconter et, comme nous le découvrîmes, une chanson à chanter, aussi. Un groupe d'une vingtaine d'enfants d'une école était arrivé juste un jour ou deux après nous. Ce sont ces enfants que nous avons le mieux connus, à cause de Marlène, bien sûr, et de Karli aussi. Une fois que Karli leur eut raconté – et naturellement il n'avait pas tardé à le faire – que nous avions une éléphante qui avait vécu dans notre jardin derrière la maison, que nous l'avions emmenée avec nous, qu'elle se trouvait à présent dans la cour de l'écurie, ils ne nous quittèrent plus d'une semelle.

Karli reprenait des forces chaque jour, et il devenait impossible de le garder longtemps enfermé. Malgré tous les efforts de mutti pour qu'il reste sur son matelas dans le grenier, il disparaissait continuellement. Nous savions toujours où le trouver, bien sûr. Il était dans la cour avec Marlène, tous deux entourés d'un large public d'admirateurs. Les écoliers étaient émerveillés par l'éléphante, et ils adoraient regarder Karli jongler. Mais ils furent plus enchantés encore, lorsque mon frère décida qu'il jonglerait perché sur le cou de Marlène ! Et voilà comment Karli, tout à fait involontairement, nous mit tous dans une situation terriblement dangereuse.

Un après-midi, j'entrai dans la cour de l'écurie avec Peter et mutti pour chercher Karli, qui avait disparu une fois de plus. Il était perché sur Marlène, et jonglait. Il y avait un attroupement autour de lui. Hans, le serviteur de la comtesse, était là, ainsi que le groupe d'enfants et une quarantaine, ou une cinquantaine peut-être, d'autres réfugiés, et Karli faisait son numéro en frimant encore plus que d'habitude. Tout en jonglant, il racontait à son auditoire qu'il avait monté Marlène tout au long du chemin depuis Dresde. Je ne saurai jamais ce qui le poussa à agir comme il le fit ensuite. Mais soudain, il s'arrêta net de jongler, plongea sa main dans sa poche, et en sortit la boussole.

– Et ça, vous savez ce que c'est ? demanda-t-il fièrement. C'est la boussole magique de mon grand frère Peter. Peter suit simplement la direction de l'aiguille, et nous le suivons à notre tour. Voilà comment nous sommes arrivés ici. C'est simple, non ?

– Jongle avec la boussole ! lui cria l'un des enfants. Je parie que tu ne sais pas jongler avec trois choses !

Tous l'encouragèrent alors à grands cris :

– Vas-y, Karli ! Vas-y !

Je lui criai de ne pas essayer, tout en sachant que c'était inutile, qu'il ne pourrait pas s'empêcher de faire le malin. Je me frayai un passage dans la foule pour essayer de l'arrêter, mais il était trop tard. Le temps que j'arrive jusqu'à lui, il s'était mis à jongler avec ses deux balles et la boussole.

Pendant un moment, tout se passa bien.

Il jonglait avec brio. Je l'avais déjà vu souvent jongler avec quatre balles, et il était rare qu'il en ait laissé tomber une. Je suis sûre que c'est à cause de tout le tapage de la foule que Marlène commença à se sentir un peu mal à l'aise. Elle battait des oreilles, et se balançait d'un côté à l'autre, signes de son agitation. Puis elle leva sa trompe, et se déporta soudain vers l'avant, faisant perdre l'équilibre à Karli. Je vis la boussole s'envoler. Je me précipitai pour essayer de l'attraper, tout en sachant que c'était peine perdue, car elle était hors de ma portée, et je n'avais aucun moyen d'arriver à la prendre. Je trébuchai alors et tombai lourdement.

Lorsque je levai les yeux, je vis que Hans avait ramassé la boussole et qu'il la tenait au creux de sa main. Je fus soulagée de constater qu'elle n'était pas cassée. Les enfants applaudissaient et acclamaient Karli. J'avais déjà remarqué que Hans ne souriait jamais. Et il ne souriait pas à ce moment-là non plus, malgré tous les applaudissements. Il tournait et retournait la boussole dans ses mains, l'examinant attentivement. Il l'ouvrit, puis regarda Karli.

– Où est-ce que tu l'as trouvée ? demanda-t-il. Elle n'est pas allemande. On dirait une boussole britannique, ou américaine. Une boussole allemande aurait un O pour *Ost*, et là, il y a un E. *Ost*, en anglais se dit *East*. Comment est-ce que tu l'as eue ?

Un brusque silence était tombé sur la cour de l'écurie. Karli, pour une fois, avait perdu sa langue. Ses yeux cherchèrent les miens. Il implorait de l'aide. Mais je ne trouvai rien à dire, moi non plus.

– Je t'ai demandé qui t'avait donné cette boussole, insista Hans.

– C'est moi, répondit la voix de ma mère un peu plus loin derrière.

Accompagnée de Peter, elle fendait la foule vers moi. Elle passa le bras autour de mes épaules.

– C'est mon mari qui me l'a donnée. Un cadeau. Il se bat sur le front russe, à présent, mais au début de la guerre, il était en France, en Normandie. Il m'a dit qu'il l'avait prise à un pilote britannique dont l'avion avait été abattu. Elle était à lui, et maintenant, elle est à moi, dit-elle.

J'eus vraiment beaucoup d'admiration pour elle, à ce moment-là. Je savais qu'elle était courageuse, mais je n'avais jamais pensé qu'elle pourrait avoir autant d'imagination et de présence d'esprit.

Hans hésita longtemps. Je voyais qu'il avait toujours des doutes, qu'il ne savait pas s'il fallait la croire ou pas.

– Merci, poursuivit mutti, c'est gentil de l'avoir ramassée. J'aurais été désolée de la voir écrasée là, par terre. C'est le dernier cadeau que m'a fait mon mari. Cette boussole nous a guidés tout au long du chemin depuis Dresde, vous savez. Alors, pour toutes ces raisons, vous pouvez comprendre à quel point nous y tenons, ma famille et moi. Encore merci.

Hans semblait plus convaincu, à présent. Il réfléchit quelques instants, puis hocha lentement la tête, avant de lui donner enfin la boussole.

– Ce n'est pas un jouet, dit-il. Je pense que les enfants ne devraient pas jouer avec ce genre de choses.

– Je suis tout à fait d'accord, répondit mutti, avec un sourire et un haussement d'épaules. Mais vous connaissez les enfants. Ne vous inquiétez pas, je ferai en sorte qu'il ne recommence pas, je vous le promets.

Elle leva les yeux vers Karli. Elle n'eut pas besoin de faire semblant d'être en colère contre lui. Il savait très bien ce qu'il en était. Il avait l'air honteux et penaud.

– Karli, descends immédiatement de cette éléphante, et viens avec moi !

Peter alla l'aider à descendre, et après nous être assurés que Marlène rentrait tranquillement à l'écurie, nous nous éloignâmes tous ensemble. Mais je sentais que Hans ne nous quittait pas des yeux.

Après le dîner, le soir même, la comtesse se leva, et frappa dans ses mains pour faire taire tout le monde.

– Ce que beaucoup d'entre vous ne savent pas, commença-t-elle, c'est que le groupe d'enfants qui est avec nous appartient à une chorale de Dresde. J'ai demandé à ces enfants de bien vouloir nous chanter quelque chose. Dans des périodes terribles, comme celle-ci, je pense que seule la musique peut nous apporter un peu de joie et d'apaisement. Il n'y a pas longtemps, à Noël, m'ont-ils dit, ils ont chanté l'*Oratorio de Noël* de Jean-Sébastien Bach, qui est pour moi le plus grand Allemand qui ait jamais vécu. Ils ont eu la gentillesse d'accepter d'en chanter un extrait pour nous.

Pendant qu'ils chantaient, je m'aperçus que je pouvais me perdre complètement dans la musique, que je pouvais oublier toutes les horreurs qui se passaient dans le monde. Je me sentais bercée par ces harmonies divines. J'avais l'impression qu'elles me réchauffaient jusqu'au plus profond de moi-même. Et cet embrasement resta longtemps en moi après que les enfants eurent fini de chanter. J'entendais toujours la musique dans ma tête, ce soir-là, lorsque je remontai l'escalier avec mutti, Karli et Peter, jusqu'à notre grenier, et que je me

blottis, comme eux, sous les couvertures. La musique nous avait touchés aussi profondément les uns que les autres, je pense. Nous ne parlions plus que de ça. Même mutti n'était plus en colère contre Karli à cause de l'incident de la boussole.

– J'aurais simplement aimé que papi soit là avec nous pour entendre son Bach adoré, dit-elle. Il aurait tellement aimé ça !

Nous étions presque endormis, lorsque la porte s'ouvrit, et que la lumière d'une lanterne dansa dans la pièce. C'était la comtesse. Elle s'accroupit pour nous parler à voix basse :

– J'ai bien peur qu'il y ait un problème, dit-elle. Hans est un brave homme. Il travaille chez moi depuis plus de quarante ans, désormais. Il a fait la dernière guerre et est un Allemand loyal, tout comme moi. Mais nous n'avons pas le même genre de loyauté, ni les mêmes idées, lui et moi. J'ai appris qu'il avait l'intention d'aller voir la police au sujet de la boussole. Oui, il m'a raconté tout ce qui s'est passé. J'ai essayé de le convaincre de ne pas le faire, mais il a insisté, en disant que c'était son devoir de patriote. Je crains qu'il n'ait pas cru votre histoire, et je dois dire qu'elle ne m'a pas convaincue, moi non plus. Mais j'ai une autre raison de douter de vous. Votre fils. (Elle s'adressait directement à Peter, à présent.) Je m'interroge sur votre façon de parler depuis un bon moment déjà. Lorsque je vous entends, j'ai l'impression d'entendre un Américain. Vous savez, j'ai des parents en Amérique, et quand ils parlent allemand, ils parlent exactement comme vous. Mon neveu américain aurait eu à peu près le même âge que vous.

C'est une histoire si triste, si absurde, si stupide. C'était le fils de ma sœur, à moitié américain, à moitié allemand. Il s'est engagé dans l'armée américaine, et maintenant il est enterré en Normandie, tué par une balle allemande.

Elle se tourna vers mutti, et reprit :

– Encore une chose à laquelle je ne crois pas du tout, à propos de votre fils. J'ai entendu dire qu'il avait de l'asthme, ce qui expliquerait qu'il ait été réformé. Mais je l'ai observé, et je n'ai constaté aucun symptôme d'asthme. Il me paraît aussi fort qu'un bœuf. Hans croit qu'il pourrait être un pilote ennemi, et je pense qu'il a raison. Si c'est le cas, et si vous êtes pris, nous savons tous ce qui arrivera, pas à lui seul, mais à vous tous également. Je ne voudrais pas voir ça.

Mutti tenta de l'interrompre, mais la comtesse ne lui en laissa pas le temps.

– Je pense qu'il vaudrait mieux que vous partiez, et tout de suite. Vous devez avoir vos raisons pour faire ce que vous faites, et je suis sûre que ce sont de bonnes raisons. Mais je ne veux pas les connaître. Moins on en sait, mieux c'est. Votre petit garçon me paraît être de nouveau en assez bonne santé pour reprendre la route. Une fois que Hans aura prévenu la police, elle ne mettra pas longtemps à venir ici, c'est sûr. Je pense donc que vous devriez partir cette nuit, tout de suite, avant qu'il ne soit trop tard. Bien entendu, je dirai à la police que je suis certaine que les soupçons de Hans n'ont aucun fondement. Mais en partant, si cela ne vous ennuie pas, j'aimerais que vous fassiez quelque chose pour moi, quelque chose de très important. Je voudrais que vous emmeniez les enfants avec vous, ceux de la chorale. Ils n'ont plus personne pour s'occuper d'eux. Leur chef de chœur a été tué, et plusieurs enfants aussi, en venant jusqu'ici. Je voudrais que vous les emmeniez avec vous, que vous preniez soin d'eux. Est-ce que vous feriez ça ? Je sais que c'est beaucoup demander. Mais j'ai vu à quel point ils aimaient votre éléphante. Ils vous suivront volontiers. Ils iront là où elle ira. Je ne peux pas les garder ici pour toujours. J'aimerais bien, mais je n'ai pas assez de place. Comme vous le voyez, c'est bondé, et chaque jour, d'autres gens arrivent. Je vous donnerai suffisamment de nourriture, pour vous et pour eux, afin que vous puissiez vous remettre en chemin.

Elle se mit alors à parler anglais à Peter, tout en le regardant dans les yeux.

– Dites-moi la vérité, maintenant, jeune homme. Est-ce que je me trompe ? Est-ce que vous êtes ce que je pense ? Américain ?

– Canadien, répondit Peter. RAF.

– J'avais presque deviné, alors, dit-elle de nouveau en allemand. Cette guerre va bientôt finir. Je pense que les Américains sont tout près, à présent. Tout sera fini, mais malheureusement, ce sera trop tard pour mon mari. Et puisque je connais la vérité, je vais vous raconter la mienne. Il y a quelques mois, mon mari a participé à un complot pour assassiner Hitler. Mon mari était un bon Allemand, un bon officier qui pensait que nous avions été entraînés dans une mauvaise voie, une terrible voie qui menait à cette guerre, et il voulait arrêter ça. Le seul moyen de le faire, pensait-il, était de tuer Hitler. Ses amis et lui ont donc tenté de le faire, tenté de mettre fin aux souffrances. Mais ils ont échoué, et il est mort pour ses idées. Des convictions que je partage, moi aussi : il faut en finir avec ces souffrances. Voilà pourquoi je fais ce que je fais en ce moment. Voilà pourquoi votre secret sera mon secret. Prenez vos affaires et descendez au rez-de-chaussée, mais dépêchez-vous. J'ai déjà rassemblé les enfants, et je leur ai donné assez de nourriture pour quelques jours. Je ne peux pas leur en donner plus. Ne traînez pas ! Plus vous serez loin d'ici avant l'aube, mieux ce sera.

Elle nous quitta alors, avant que mutti ni aucun de nous ait eu le temps de lui dire un seul mot de remerciement.

Après nous être habillés rapidement, nous eûmes tout juste le temps de prendre nos affaires, et de descendre l'escalier. Les enfants nous attendaient tous dans le hall, et la comtesse aussi. Nous étions en train de lui dire au revoir, lorsque Hans entra. Il n'était pas seul. Il était accompagné d'un officier de l'armée, et de plusieurs soldats qui pointaient leurs mitraillettes sur nous.

3

L'officier salua.

– Madame la comtesse, je vous prie d'excuser cette intrusion, mais je suis venu…

– Commandant Klug, dit la comtesse, en s'avançant vers lui et en lui tendant la main. Quel plaisir de vous revoir ! Je sais pourquoi vous êtes venu. Nous pourrions peut-être avoir un entretien particulier, n'est-ce pas ? Mais d'abord… je ne sais pas… vos soldats… leurs mitraillettes, elles font peur aux enfants.

Le commandant hésita. Il eut l'air perplexe pendant quelques instants, comme s'il ne savait plus très bien comment gérer la situation. Mais il se reprit assez rapidement.

– Très bien, comtesse, si vous insistez.

Il ordonna aux soldats de baisser leur

arme, nous dit de rester là où nous étions, puis il suivit la comtesse dans son bureau.

Je ne sais pas combien de temps nous sommes restés là dans le hall à attendre, mais cela nous a semblé durer une éternité. Personne ne parlait. Pendant toute cette attente, nous nous tenions par la main, Peter et moi, sachant que ce seraient peut-être les derniers moments que nous passerions ensemble. Karli ne quittait pas mutti des yeux, des yeux pleins de larmes. Mais mutti ne s'en rendait pas compte. Comme nous tous, elle essayait d'entendre, de comprendre quelque chose à ce qui se murmurait de l'autre côté de la porte.

Lorsque la porte s'ouvrit enfin, le commandant vint tout seul. Sans nous jeter un regard, sans un mot non plus, il traversa rapidement le hall vers la porte d'entrée. Il attendit un moment que Hans, stupéfait, lui ouvre, puis il s'en alla, ses soldats derrière lui. La comtesse nous rejoignit quelques instants plus tard, un verre à la main, la respiration haletante.

– Je suis désolée, mais j'avais bien besoin de boire un petit coup pour arrêter de trembler, dit-elle. (Puis elle nous sourit.) N'ayez pas l'air si inquiet. Finalement, je pense que tout s'est bien passé, mieux que je ne l'avais espéré. Nous avons eu de la chance que ce soit le commandant Klug qui soit venu. Il a servi dans le même régiment que mon mari. Ils se connaissaient très bien, tous les deux. Quoi qu'il en soit, c'est réglé, maintenant. C'est, j'en suis sûre, un homme honorable, dans le sens où nous avons besoin qu'il le soit. Il tiendra parole. Vous pouvez partir sans crainte.

– Qu'entendez-vous par là ? demanda mutti. Qu'est-ce qu'il a dit ? Qu'est-ce que vous lui avez raconté ?

– Vous avez déjà entendu parler du bâton et de la carotte, n'est-ce pas ? répondit la comtesse. Quand on veut persuader quelqu'un de faire quelque chose qu'il n'a pas envie de faire, il faut utiliser les deux, non ? Le bâton et la carotte. Je me suis d'abord servie du bâton. Je lui ai rappelé que les Américains n'étaient plus qu'à une semaine ou deux d'ici et que, lorsqu'ils seraient là, s'il arrivait quoi que ce soit à l'un d'entre vous, je m'occuperais personnellement de leur faire savoir que le commandant Klug était responsable de votre arrestation. Je veillerais ensuite à ce qu'il soit fusillé. Quant à la carotte, j'ai mis un peu d'argent de côté, pas beaucoup, mais cela aide toujours, et a été bien utile en l'occurrence. Enfin, pour être encore plus sûre de lui, je lui ai lu quelques lignes de la dernière lettre que mon mari m'avait envoyée de prison, avant d'être exécuté – le commandant Klug avait beaucoup de respect pour lui. Mon mari a écrit – je connais ses mots par cœur : « *Ce qui me rend heureux, c'est de savoir que des cendres de cette horreur, une nouvelle Allemagne doit renaître, et que nos amis, notre famille, et toi, vous en ferez partie. Souviens-toi toujours de ces mots de Goethe que j'aime tant :* "Quoi que tu rêves d'entreprendre, commence-le. L'audace a du génie, du pouvoir, et de la magie. Commence dès à présent." *Alors, commence à faire revivre la nouvelle Allemagne, ma chérie, aide-la à renaître. Je sais que tu le feras. Je suis triste de savoir que je ne serai pas là pour le voir de mes propres yeux, mais je serai toujours à tes côtés par la pensée.* »

Le commandant Klug a vraiment semblé prendre cela à cœur, comme je l'avais espéré.

Lorsque le moment est venu de partir, plus tard, au cours de la même nuit, la comtesse a embrassé Karli, lui a dit d'être sage, puis nous avons quitté la maison. Le temps que je me retourne pour la regarder, elle était déjà rentrée à l'intérieur. Les enfants de la chorale nous suivaient, deux par deux, chacun portant son sac à dos, aussi silencieux que nous l'étions nous-mêmes. Mutti marchait avec eux. Peter partit en avant, en éclaireur, comme toujours, tandis que je conduisais Marlène, sur laquelle Karli était monté. Nous savions tous que nous devions notre vie à cette femme extraordinaire et merveilleuse.

Il était dur de laisser la chaleur, le confort de la maison derrière nous, et de nous retrouver de nouveau dehors, à marcher dans le froid de la nuit. Il me fallut un moment pour me réhabituer à ces conditions difficiles, et à la fatigue, aussi. D'une certaine façon, je pense que les enfants de la chorale m'y ont aidée. Ils me distrayaient de mes propres problèmes, je crois. Je n'avais plus le temps de m'occuper de moi. Avec eux, nous avancions plus lentement, cela ne faisait pas de doute.

Mais bon gré mal gré, nous arrivions quand même à poursuivre notre chemin. C'étaient surtout mutti et moi qui faisions de notre mieux pour nous occuper de ces enfants, en rationnant sévèrement la nourriture que la comtesse nous avait procurée, en leur remontant le moral, en les réconfortant, en essayant de leur donner du courage pour surmonter leur épuisement, leurs peurs, leurs chagrins. Pourtant, je suis persuadée que c'est à Marlène qu'ils doivent leur salut, car elle les faisait rire. Ils adoraient la regarder patauger dans les rivières, en éclaboussant tout ce qui se trouvait autour d'elle, ils adoraient lui donner à manger à la main quand ils le pouvaient et, comme Karli, ils gloussaient avec ravissement chaque fois qu'ils l'entendaient… comment dire ça poliment ? se soulager – ce qui lui arrivait souvent, et sentait très fort, aussi !

Karli mûrit rapidement pendant ces jours et ces nuits d'épreuves. Il ne frimait plus du tout. Je pense que l'incident de la boussole, la catastrophe qu'il avait failli attirer sur nos têtes, l'avait changé, l'avait rendu plus attentif aux autres. C'est lui qui eut l'idée, par exemple, de faire monter deux enfants, choisis tour à tour, avec lui sur Marlène, l'un devant lui, l'autre derrière. C'était une excellente idée, parce qu'ils avaient alors quelque chose à attendre, ce qui était très important. Cela leur permettait de garder le moral, et le nôtre aussi, par la même occasion, car il était vraiment réconfortant de voir les enfants s'amuser.

Au bout de très peu de temps, nos provisions furent épuisées, bien sûr. Pour Peter, ce fut alors comme nourrir les cinq mille, sauf qu'il ne savait pas faire de miracles. Toute la nourriture qu'il rapportait de ses expéditions dans la campagne, de ses descentes dans les fermes, devait être partagée entre nous tous, et bien trop souvent, il n'y avait pas grand-chose à partager. Il me raconta qu'il devait prendre de plus en plus de risques quand il devait voler de la nourriture pour nous, et que les chiens étaient ses pires ennemis. Un jour, on lui tira même dessus par la fenêtre du premier étage d'une maison. Il était entré par effraction dans une ferme isolée, et était en train de s'emparer de tout ce qu'il trouvait dans la cuisine, lorsque le chien du paysan l'avait attaqué, glapissant et aboyant comme un animal sauvage. Peter avait dû tout lâcher et s'enfuir. Heureusement, le paysan avait manqué sa cible, mais le chien avait réussi à enfoncer ses crocs dans la cheville de Peter, ce qui l'avait ensuite fait souffrir pendant des jours et des jours.

La neige avait fondu, et nous voyions partout autour de nous les premiers signes du printemps, les arbres en bourgeons, les prairies, les haies parsemées de fleurs. Et les oiseaux chantaient. Mais il pleuvait, et souvent la pluie tombait la nuit aussi. Nous avancions péniblement à travers champs et forêts, passant les cours d'eau à gué quand il le fallait, suivant Peter, suivant sa boussole. Mais de ces dernières semaines de notre long périple dans la nuit, je ne me souviens plus très bien de la fatigue, du froid de l'humidité, ni de la faim douloureuse qui, désormais, nous tenaillait tous continuellement. Ce dont je me souviens le mieux, ce sont des enfants qui chantaient. Je pense que c'était mutti qui avait eu l'idée de leur demander de chanter pour qu'ils gardent le moral, pour que ça leur occupe l'esprit. Et une fois qu'ils avaient commencé, ils semblaient ne plus vouloir s'arrêter. Ils chantaient, tandis que nous marchions, éclairant de leurs voix les ténèbres pour nous tous. Ils chantaient, entassés tous ensemble dans la cabane d'un berger, dans un abri forestier, blottis les uns contre les autres pour se tenir chaud. Et lorsqu'ils chantaient, tôt ou tard, nous finissions par nous joindre à eux. Nous aimions ça, nous aimions participer, faire de la musique avec eux. Nous chassions nos peurs en chantant, et nous le faisions ensemble.

Nous devions former un étrange spectacle pour ceux qui nous voyaient : Peter et moi marchant d'un pas lourd tous les deux en avant, un éléphant derrière nous avec deux ou trois enfants perchés dessus et, à leur suite, mutti et son cortège de choristes.

Karli s'entendait si bien avec les autres enfants, désormais, qu'il descendait souvent de Marlène pour marcher à leurs côtés

et chanter avec eux. Je pense qu'il ne voulait pas être mis à l'écart, qu'il voulait sentir qu'il était l'un d'entre eux. Il serait exagéré de dire que chanter si souvent ensemble nous permettait d'oublier complètement nos ennuis, notre faim, et nos angoisses, mais cela nous a certainement aidés à mettre un pied devant l'autre.

Au fur et à mesure que les jours et les nuits s'écoulaient, un autre élément nous remon-

tait également le moral et nous redonnait de l'espoir. Nous n'entendions plus le bruit des canons derrière nous. Ils étaient devant nous, à présent, éclairant l'horizon à l'ouest chaque nuit – et il s'agissait de l'artillerie américaine, comme nous le dit Peter. Cela nous donnait un nouvel élan, bien que nous sachions qu'aucun canon n'était un canon amical, même ceux des Américains. Nous étions toujours gravement en danger.

La plupart du temps, désormais, nous devions partager les abris que nous trouvions, quels qu'ils soient, avec d'autres réfugiés, et souvent avec des dizaines de soldats allemands qui se repliaient, ce qui nous rendait tous très nerveux. Nous n'aurions pas dû nous inquiéter, cependant. Ils étaient bien trop épuisés, bien trop déprimés pour poser des questions. Ils étaient aux petits soins pour Marlène, et je pense que le fait d'avoir les enfants avec nous nous aidait aussi. Même les soldats semblaient contents de partager le peu de nourriture qu'ils avaient. Il est vrai aussi qu'une fois ou deux, quelqu'un nous vola notre nourriture pendant que nous dormions, mais il faudrait alors avoir l'honnêteté de reconnaître que Peter était le premier à l'avoir volée, non ?

Peter jouissait d'une grande popularité auprès de chacun, car lorsqu'il revenait de l'une de ses expéditions destinées à chercher de la nourriture, et qu'il en avait trouvé, il partageait tout ce qu'il pouvait. Les soldats que nous rencontrions racontaient un tas de choses, comme tout le monde, et chaque fois le même refrain revenait : les Américains étaient tout près, désormais, ils faisaient des percées partout, et leurs armées pourraient bien apparaître juste derrière la prochaine colline.

Pourtant, ce fut quand même une surprise pour nous le jour où nous nous sommes retrouvés pour la première fois face à face avec les Américains. Nous avions tardé à trouver un abri, ce matin-là, mais Peter n'était pas trop inquiet, car nous étions enveloppés d'un brouillard épais, qui nous cachait assez bien. En même temps, bien sûr, ce brouillard nous empêchait de découvrir une grange ou un abri où nous reposer pendant la journée.

Je me rappelle que nous cheminions à flanc de colline, tandis que les brumes matinales commençaient à s'effilocher et à se dissiper. Tous les enfants chantaient, y compris Karli, qui marchait à côté d'eux. Je guidais Marlène, la tenant par l'oreille, et je lui parlais, comme je le faisais souvent, lorsqu'elle s'arrêta brusquement, et redressa la tête. Devant nous, Peter s'était arrêté lui aussi, et il avait la main levée. Pendant quelques instants, je crus que nous avions trouvé un abri, mais je ne le voyais pas. Il n'y avait ni grange ni cabane, seuls des arbres sans troncs émergeaient curieusement de la brume. Les enfants s'étaient tus.

Nous restions tous là, immobiles, abasourdis par le bruit croissant et terrifiant que nous entendions soudain. On avait l'impression qu'il surgissait de partout, nous encerclant, rugissant, grinçant, crépitant, cliquetant, et qu'il se rapprochait sans cesse. Le sol lui-même tremblait sous nos pieds.

C'est alors qu'ils sortirent de la brume. Des tanks ! Ils étaient vingt ou trente, et ils avançaient vers nous.

– Les Américains ! s'écria Peter. Ce sont les Américains !

Il leur fit des signes frénétiques, et se mit à courir vers eux. C'est à ce moment-là que Marlène prit peur. Elle s'écarta brusquement de moi, et s'enfuit. Je courus après elle, l'appelai, et lui criai de revenir. Mais sa course se transforma en une fuite précipitée, en une véritable charge. Barrissant de

terreur, ses oreilles claquant furieusement, sa trompe battant l'air, elle disparut simplement dans la brume.

Le temps que le premier char nous rejoigne, les autres s'étaient également arrêtés dans un soubresaut. La tête d'un soldat sortit d'une tourelle. Il enleva son casque et nous regarda, l'air incrédule. Je n'oublie-

rai jamais les premiers mots qu'il nous adressa :

– Nom de nom ! J'ai la berlue ou quoi ? Est-ce que c'était un éléphant ?

– Oui, répondit Peter. Nous sommes vraiment contents de vous voir !

– Vous êtes américain ? demanda le soldat.

– Canadien, répondit-il. RAF Sergent-chef de l'armée de l'air Peter Kamm. Navigateur. Abattu au-dessus de Dresde il y a quelques semaines.

– Vous avez marché tout du long depuis Dresde ? demanda le soldat, toujours incrédule. Avec un éléphant, et tous ces enfants ?

– Oui, répondit Peter.

– Nom de nom ! S'exclama le soldat. Eh bien, que je sois damné si c'est vrai !

– Nous devons retrouver cette éléphante, expliqua Peter. Nous devons la suivre. Elle a fait tout le chemin avec nous.

– Ne vous inquiétez pas, nous assura chaleureusement le soldat. Nous la retrouverons pour vous. À mon avis, un éléphant ne peut pas aller bien loin sans qu'on le remarque. Mais maintenant, les gars, il faut que vous partiez d'ici. Je ne sais pas si vous êtes au courant, mais il y a une guerre, et elle continue.

Mutti essaya de discuter, lui demandant de la laisser passer pour chercher Marlène. Karli l'implora, moi aussi. Mutti lui dit et redit que Marlène continuerait de courir, qu'elle était terrifiée, que personne ne pourrait la rattraper en dehors de nous. Elle ne connaissait que nous, ne se fiait qu'à nous. Mais le soldat refusa de l'entendre. Nous fûmes tous emmenés, malgré nos protestations, par un groupe de soldats. Mutti était inconsolable. Je pense qu'elle avait compris dès cet instant que nous ne reverrions plus jamais Marlène. Ainsi, au moment où nous avions enfin atteint notre but, nous avions perdu Marlène. Pendant des jours et puis des semaines, nous n'avons cessé de la chercher, de demander partout si quelqu'un l'avait aperçue. Mais personne ne l'avait vue. On aurait dit qu'elle avait tout simplement disparu de la surface de la terre.

À ce moment de son histoire, Lizzie s'arrêta, et nous regarda, comme pour nous dire : « Voilà, c'est fini. »

– Et après ? Et après ? Qu'est-ce qui s'est passé ? demanda Karl en exprimant tout haut ce que je me demandais tout bas. Qu'est-ce qui est arrivé après ça ? À Marlène ? À vous tous ? Est-ce que vous avez réussi à la retrouver ? Et papi, est-ce qu'il est revenu ?

– Ce qui s'est passé par la suite ? répondit Lizzie. Oh, beaucoup de choses, une vie entière d'événements. Mais je crois que je vais abréger. Je suis très fatiguée, brusquement. Et vous devez l'être, vous aussi. Bon, eh bien voilà comment l'histoire se termine...

Un jour ou deux après avoir rencontré les Américains et être restés avec eux, nous nous sommes retrouvés – mutti, Karli, les enfants de la chorale et moi – dans un camp, une sorte de camp de réfugiés, pour « personnes déplacées », comme on les appelait. Peter avait fait tout ce qu'il pouvait pour les empêcher de nous y envoyer. Il leur avait expliqué comment mutti l'avait aidé à s'enfuir, il leur avait raconté toute l'histoire. Mais le règlement était le règlement, lui avait-on répondu, c'était comme ça. Tous les Allemands déplacés devaient être rassemblés dans des camps.

Avant de nous faire monter dans un camion de l'armée et de nous emmener, ils nous ont laissé quelques instants pour que nous puissions lui faire nos adieux. Peter a glissé alors sa boussole dans ma main, et nous a promis qu'il continuerait à chercher Marlène. Mutti était là, Karli aussi. Mais je me rappelle que je n'ai pas pu m'en empêcher : lorsque mon tour est venu de lui dire au revoir, je me suis cramponnée à lui, et je me suis mise à pleurer. Il m'a murmuré à l'oreille qu'il m'écrirait, qu'il reviendrait me chercher. La dernière fois que je l'ai vu, tandis que nous partions vers le camp, il était là, debout sous la pluie, de nouveau en uniforme, nous saluant d'un geste de la main. J'ai cru que mon cœur allait se briser.

Nous avons vécu pendant plus de six mois dans ce camp. Lorsque j'y repense, à présent, ce n'était pas si dur que ça. Le pire de tout, c'était la promiscuité, l'impossibilité de s'isoler, d'avoir la moindre vie privée. Et je détestais cette vie derrière des fils barbelés, où je ne pouvais pas aller où je voulais, ni agir comme je voulais. Les baraquements étaient surpeuplés, mais il y faisait suffisamment chaud la nuit, et nous y étions à l'abri de l'humidité. La défaite était amère, difficile à supporter pour de nombreux soldats et réfugiés, mais je dois dire que pour notre famille, la fin de la guerre et la mort de Hitler ont été un grand soulagement. Nous avions appris que la vie continuait.

Parmi les milliers de prisonniers qui étaient regroupés là, il y avait de nombreux musiciens, comédiens, et poètes. Ils montaient des pièces, donnaient des concerts. Ces spectacles rompaient la triste monotonie de la captivité. Pendant une heure ou deux, nous arrivions alors à tout oublier. Le meilleur concert pour moi a eu lieu, sans aucun doute, le jour où les enfants de la chorale ont donné une représentation pour tout le monde. Ils ont chanté surtout les chants traditionnels que nous avions fredonnés ensemble pendant nos longues nuits de marche dans l'obscurité. Ils savaient que notre chanson préférée était *J'ai traversé une forêt verte*. J'étais à peu près sûre, de même que mutti et Karli, qu'ils l'avaient chantée spécialement pour nous.

Au bout d'un certain temps, mutti a décidé que ce qui manquait dans ce camp, c'était une école pour tous les enfants, y compris ceux de la chorale, et qu'elle avait besoin de mon aide, disait-elle, pour s'occuper *die Kleine*, des petits. C'était un travail absorbant, qui nous donnait le sentiment d'être utiles, aussi, ce qui était très important. Mais le plus important pour moi, pendant cette période de captivité, c'étaient les lettres que je recevais de Peter. Je ne manquais jamais de lui répondre le jour même, à une adresse quelque part à Londres. Il m'envoyait toujours un tas de bonnes nouvelles, et faisait de grands projets : une fois que les choses se seraient calmées, écrivait-il, et qu'il obtiendrait une permission, il reviendrait me chercher. Nous nous marierions, puis nous irions vivre ensemble au Canada. Nous pourrions aller faire du canoë et pêcher. Il avait tellement hâte de me montrer les saumons, les ours bruns, et toute cette vie sauvage du Canada dont il m'avait tant parlé !

Lorsque nous avons enfin été libérés de ce camp, il a fallu dire au revoir aux enfants de la chorale. La séparation a été douloureuse.

Ils faisaient presque partie de notre famille, désormais. Les autorités ne nous avaient laissés sortir que parce que nous avions une adresse où aller. Mutti nous a emmenés habiter chez une de ses cousines, à Heidelberg. Nous avions une chambre qui donnait sur la rivière, et par la fenêtre nous pouvions voir le soleil se coucher sur la ville. Renate, la cousine de ma mère, était plus âgée qu'elle. Professeur, elle était un peu sévère, un peu guindée. Elle faisait ce qu'elle pouvait pour être gentille avec nous et se montrer tolérante, mais elle était habituée à vivre seule, et il me semble que parfois elle avait du mal à cacher son agacement.

Nous avions beau avoir retrouvé la liberté, et repris une vie qui avait un semblant de normalité, pour moi, cette période a été la plus pénible de toutes, car les lettres de Peter ne m'arrivaient plus. Je lui avais envoyé notre nouvelle adresse, mais il ne m'avait plus écrit une seule fois. Quant à mutti, je ne l'avais jamais vue si malheureuse, elle non plus. Chaque jour, elle allait demander des nouvelles de papi. Il n'y en avait pas. Les hommes que nous aimions avaient tous deux disparu. Je suis sûre que c'est la raison pour laquelle je suis devenue plus proche d'elle à ce moment-là que je ne l'avais jamais été auparavant.

Et Karli ? Le pauvre Karli pleurait toutes les nuits à cause de l'absence de papi et de Marlène, mais il s'entendait beaucoup mieux que mutti ou moi avec Renate, et il lui racontait sans cesse toutes ses histoires sur Marlène, sur notre fuite miraculeuse à travers l'Allemagne. À la fin, nous avons réussi à trouver un petit appartement dans le quartier. Renate s'est arrangée pour que mutti enseigne dans son école, où elle nous a également fait entrer comme élèves, Karli et moi. Nous sommes donc retournés à l'école. Cela nous a fait une drôle d'impression, après tout ce qui s'était passé. J'étais tellement triste, à cette époque, que je n'arrivais plus du tout à me concentrer sur mon travail scolaire.

C'est alors qu'est arrivée une bonne, une très bonne nouvelle : papi était en vie. Il avait été fait prisonnier par les Russes plus d'un an auparavant. Nous ne savions pas quand il rentrerait à la maison, mais il était vivant, et c'était tout ce qui comptait. Nous avons pleuré de joie en l'apprenant, et mutti nous a fait asseoir autour de la table pour un « moment familial ». Maintenant que je savais que papi était sain et sauf, je ne priais plus que pour Peter. Chaque fois que le facteur passait, je courais à sa rencontre et lui demandais s'il n'y avait pas de lettre pour moi. De mon côté, je continuais à lui écrire, le suppliant de me répondre. Mais je ne recevais jamais aucune lettre de lui. Je commençais à perdre tout espoir de le revoir.

Puis, un après-midi, quelques mois plus tard, nous revenions de l'école, et j'avais tout juste tourné le coin de la rue, lorsque j'ai vu qu'un homme était assis sur le perron de la maison, une valise posée à côté de lui. Il s'est levé et a enlevé son chapeau. C'était Peter. Le seul ennui, c'est que je n'ai pas pu le serrer seule dans mes bras, il a fallu partager nos effusions avec mutti et Karli.

– Pourquoi est-ce que tu ne m'as pas écrit ?

me suis-je écriée, même si ça n'avait plus d'importance, désormais.

Peter m'a raconté plus tard que lorsqu'il avait quitté l'Angleterre et était retourné au Canada, on ne lui avait pas fait suivre mon courrier. Puis, un jour, on lui avait renvoyé toutes mes lettres en même temps chez lui, au Canada, dans un gros paquet. C'est ainsi qu'il avait su où nous trouver.

Vous avez peut-être deviné la suite. Nous nous sommes mariés. C'était à Heidelberg. Il fallait entendre sonner les cloches ! Une dizaine de jours plus tard, nous avons pris le bateau pour le Canada. J'étais horriblement triste de quitter mutti et Karli, mais mutti avait insisté.

– Nous n'avons que très peu de chances d'être heureux dans la vie, avait-elle dit. Saisis-la ! Pars !

En me disant au revoir, Karli m'a promis qu'il viendrait vivre au Canada quand il serait plus grand, et c'est ce qu'il a fait.

Parfois, vraiment, tout est bien qui finit bien.

Il a fallu attendre encore quatre ans avant que papi rentre enfin de Russie. Mutti nous a écrit qu'il était maigre, mais qu'elle le nourrissait bien et que, dès qu'il serait suffisamment remis, ils demanderaient un visa pour nous rejoindre au Canada dans notre petite ville, non loin de Toronto. C'est ainsi que nous nous sommes tous retrouvés là, à Niagara-on-the-Lake, et que nous y avons vécu de longues années. Peter jouait au théâtre de la ville, et il avait des rôles de plus en plus importants chaque fois. Je suis devenue infirmière, comme ta mère, Karli. La vie était belle. Il faisait froid l'hiver, mais c'était bien. Paisible. Agréable.

Tout ne finit pas tout à fait là, cependant. Un soir d'été – nous devions avoir une quarantaine d'années, à l'époque –, nous sommes allés au cirque, Peter et moi, à Toronto, c'était un cirque itinérant qui venait de France. Peter avait toujours aimé les clowns. Il avait lui-même un costume de clown, et jouait quelquefois dans des fêtes d'enfants. Mais dès le début, ce ne sont pas les clowns qui ont attiré mon attention. La vedette du spectacle était un éléphant et, dès que j'ai posé les yeux sur lui, j'ai su que c'était Marlène. La chose la plus extraordinaire, c'est qu'elle m'a reconnue. Tandis qu'elle faisait le tour de la piste, pendant la grande parade, elle s'est arrêtée juste devant

moi, là où j'étais assise au premier rang, et elle a tendu sa trompe vers moi. J'ai senti son souffle sur mon visage. Je l'ai regardée dans les yeux, ses yeux larmoyants. C'était elle. Il n'y avait aucun doute.

Après le spectacle, nous sommes allés dans les coulisses, et nous avons parlé avec les gens du cirque. Ils avaient acheté Marlène à un autre cirque une dizaine d'années auparavant. Ils ne savaient absolument pas d'où elle venait, ni comment elle était arrivée dans ce premier cirque. Ils ont dit que c'était le meilleur éléphant qu'ils avaient jamais eu, et que Marlène avait un sacré sens de l'humour. Je leur ai alors raconté toute son histoire. Ils ont pleuré, et nous avons pleuré avec eux.

Nous avons passé de longues heures avec elle pendant tout le week-end, simplement à lui parler, à lui raconter nos vies, à lui apprendre que mutti et papi étaient décédés à quelques mois l'un de l'autre, depuis un certain temps déjà, que Karli réalisait des films, et qu'il savait toujours jongler. Le matin où le cirque a plié bagage pour se rendre dans une autre ville, nous étions là pour lui dire au revoir. Nous avons de nouveau pleuré, bien sûr, mais en même temps, nous n'étions pas tristes du tout, simplement heureux de l'avoir revue, de savoir qu'elle avait survécu, comme nous, et que tout se passait bien pour elle.

À présent, je suis seule. Depuis un moment déjà, il ne reste plus que moi. Avec Peter, nous avons été mariés pendant près de soixante ans. Je ne peux pas dire que nous n'avons jamais eu de dispute. Nous avons eu nos soucis, et nos peines aussi.

Comme tout le monde. Pas d'enfants. J'aurais aimé avoir des enfants à moi. Mais nous avons été heureux autant qu'on a le droit de l'être. Et ça, c'est la boussole de Peter.

Lizzie tendit la boussole à Karl.

– Elle est à toi, maintenant, Karli, dit-elle.

Je voulus protester, mais elle la lui mit dans la main, et referma ses doigts dessus.

– Garde-la, ajouta-t-elle. Tu veilleras sur elle, et tu veilleras sur mon histoire aussi. J'aimerais que les gens la connaissent. Oh, et n'oublie pas de m'apporter mon album de photos demain, d'accord ?

Je vis qu'elle était complètement épuisée. Je pense qu'elle dormait déjà lorsque nous l'avons quittée.

Quand je revins travailler, le lendemain

matin – l'école avait été fermée à cause de la neige –, Karl m'accompagnait. Nous avions apporté l'album de photos avec nous. Nous nous sommes assis chacun d'un côté du lit, et elle a commencé à nous parler de chaque photo. Il y en avait une ou deux de sa famille à la ferme, une de son mariage à Heidelberg, quelques-unes de Peter dans différents costumes de théâtre, plusieurs de Peter et d'elle, bien après la guerre dans la nouvelle ville de Dresde.

– Et regardez ! dit-elle, en tournant la dernière page avec une expression triomphante.

– Ça, c'est Marlène et moi au cirque, le jour dont je vous ai parlé ! Vous me croyez, maintenant ?

– Je vous ai toujours crue, dit Karl.

– Toujours ?

– Toujours.

– Et vous ? me demanda Lizzie en me regardant d'un air entendu.

– Presque toujours, répondis-je.

Table des matières

L'auteur

Michael Morpurgo est né en 1943 à St Albans, en Angleterre. À dix-huit ans, il entre à la Sandhurst Military Academy, puis il abandonne l'armée, épouse Clare, fille d'Allen Lane, fondateur des éditions Penguin, et devient enseignant. En 1982, il écrit un premier livre, *Cheval de guerre*, qui lance sa carrière d'écrivain. C'est aujourd'hui une pièce de théâtre qui connaît un immense succès à Londres et dont Steven Spielberg prépare l'adaptation cinématographique. Depuis lors, Michael Morpurgo a signé plus de cent livres, couronnés de nombreux prix littéraires, dont les prix Sorcières et Tam-Tam en France.
En 1978, dans le Devon, Clare et lui ont ouvert une ferme à des groupes scolaires de quartiers urbains défavorisés pour leur faire découvrir la campagne et les animaux. Les Morpurgo dirigent aujourd'hui trois fermes et ils ont été décorés par la reine de l'Ordre du British Empire pour leurs actions destinées à l'enfance. En 2006, Michael est devenu officier du même ordre pour services rendus à la littérature. Il a également imaginé la création du Children's Laureate avec son ami le poète Ted Hughes, fonction honorifique dédiée à la promotion du livre pour enfants. Ardent défenseur de la littérature pour la jeunesse, cet immense conteur est aujourd'hui considéré comme un auteur incontournable. Père de trois enfants, il a sept petits-enfants.

L'illustrateur

Michael Foreman est né en 1938 dans un village de pêcheurs du Suffolk, en Angleterre. En 1963, après des études d'art à la St Martin School of Art de Londres, il part finir ses études aux États-Unis où il exerce différents métiers. Sa passion pour les voyages l'a conduit en Afrique, au Japon, dans l'Arctique, en Chine, en Sibérie, où il a collecté des idées pour ses livres. Il illustre aussi bien ses propres récits que ceux d'autres auteurs, considérant cette dernière activité comme « une autre sorte de voyage, tout aussi enrichissante ». Il a mis en images plusieurs dizaines d'ouvrages, de Shakespeare à Michael Morpurgo.
Auteur et illustrateur pour la jeunesse de renommée internationale, il a reçu plusieurs prix littéraires et ses ouvrages sont traduits dans de nombreuses langues.

Découvre d'autres titres de Michael Morpurgo

ENFANT DE LA JUNGLE

Will passe des vacances de rêve avec sa mère en Indonésie. Un jour, alors qu'il se promène à dos d'éléphant le long de la plage, l'animal, paniqué, s'enfuit soudain dans la jungle. Et une vague immense déferle… Perdu au cœur de la forêt, Will n'est pas seul: Oona, l'éléphante qui lui a sauvé la vie, fera de lui un enfant de la jungle…

CHEVAL DE GUERRE

Été 1914. Dans la ferme de son père, en Angleterre, Albert grandit en compagnie de son cheval, Joey. Pendant ce temps, d'immenses armées se préparent à s'affronter dans le cauchemar de la guerre. Dès lors, le destin de Joey est tracé. Vendu par le père d'Albert aux soldats anglais, il va devoir survivre dans l'enfer des champs de bataille. Albert et Joey se reverront-ils?
(disponible en Folio Junior, n° 347)

L'ÉTONNANTE HISTOIRE D'ADOLPHUS TIPS

Pendant la Seconde Guerre mondiale, le village de Slapton doit être évacué. Au moment du départ, la jeune Lily s'aperçoit que son chat, Tips, a disparu. Au péril de sa vie, elle part à sa recherche et franchit les barbelés qui entourent le village. Heureusement, Adolphus, un soldat américain, lui apporte son aide. Dès lors se noue entre eux une sincère amitié. Mais un jour, le jeune homme part au combat...

(disponible en Folio Junior, n° 1419)

LE ROI DE LA FORÊT DES BRUMES

Ashley Anderson vit en Chine, où son père a fondé une mission et un hôpital. Mais la guerre entre la Chine et le Japon fait rage, et le jeune garçon doit fuir. En compagnie d'Oncle Sung, un moine tibétain, il entreprend un long et périlleux voyage qui le mène au Tibet. Alors qu'il se retrouve seul, perdu dans les neiges de l'Himalaya, Ashley va être recueilli par des êtres de légende, les mystérieux yétis.

(disponible en Folio Junior, n° 777)

LE ROYAUME DE KENSUKÉ

Le 10 septembre 1987, Michael, onze ans, embarque avec ses parents et leur chienne, Stella, sur un voilier pour faire le tour du monde. Une nuit, alors qu'il est de quart, Michael tombe à la mer. Lorsqu'il reprend connaissance, le jeune garçon se retrouve échoué, avec sa chienne, sur une île perdue au milieu du Pacifique. Comment survivre sans nourriture et sans abri? Mais l'île n'est pas déserte et un mystérieux inconnu semble veiller sur Michael. C'est le début d'une aventure que n'oubliera jamais le jeune garçon.
(disponible en Folio Junior, n° 1437)

SOLDAT PEACEFUL

« On m'appelle Tommo et j'ai dix-sept ans. Ce soir, j'ai la nuit entière devant moi, et je ne la gaspillerai pas à dormir, je ne la passerai pas à rêver. Je veux essayer de me souvenir de tout. Me souvenir de mon frère Charlie tel qu'il était à la maison, de nous tels que nous étions tous. Cette nuit, plus que jamais dans ma vie, je veux me sentir vivant. »
Un livre inoubliable qui retrace avec justesse l'histoire d'une famille soudain prise dans la tourmente de la Première Guerre mondiale.
(disponible en Folio Junior, n° 1558)

« Le papier de cet ouvrage est composé de fibres naturelles, renouvelables, recyclables et fabriquées à partir de bois provenant de forêts plantées et cultivées expressément pour la fabrication de la pâte à papier. »

Mise en pages : Maryline Gatepaille

Loi n° 49-956 du 16 juillet 1949
sur les publications destinées à la jeunesse
ISBN : 978-2-07-069570-6
Numéro d'édition : 177419
Dépôt légal : avril 2011
Achever d'imprimer sur Roto-Page
par l'imprimerie Grafica Veneta S.p.A.
Imprimé en Italie

On
lit
plus
fort
.com

Le blog officiel
des romans
Gallimard Jeunesse
Sur le web, le lieu
incontournable
des passionnés
de lecture.

ACTUS

AVANT-PREMIÈRES

LIVRES À GAGNER

BANDES-ANNONCES

EXTRAITS

CONSEILS DE LECTURE

INTERVIEWS D'AUTEURS

DISCUSSIONS

CHRONIQUES
DE BLOGUEURS...